STAND-BY

Bruno Pellegrino, Aude Seigne,
Daniel Vuataz

STAND-BY

Dessins de Frédéric Pajak

Saison 1
1/4

ZOE

Les Éditions Zoé remercient une fondation
privée genevoise, le Service des bibliothèques
et archives de la Ville de Lausanne et
l'État de Vaud d'avoir accordé leur aide
à la publication de ce livre.

Les Éditions Zoé bénéficient du soutien
de la République et Canton de Genève,
et de l'Office fédéral de la culture.

Un pays à la forme reconnaissable entre toutes. Une péninsule étroite jetée sur la Méditerranée, une botte, rampe de lancement du plus grand empire qui ait jamais régné sur le monde occidental. C'est aussi une cicatrice, trace de la collision des plaques africaine et eurasienne qui provoque secousses et séismes depuis plusieurs millions d'années. La botte, l'empire, la tectonique des plaques, et puis une certaine façon d'exister – la douce vie, éternité d'indolence ensoleillée qui attire les nostalgiques et les touristes. L'unité tardive de la nation ne parvient pas à masquer la pluralité de ses histoires. Au nord, les crachats grisâtres des industries obscurcissent la plaine du Pô. Au sud, le désert gagne du terrain sous l'influence conjuguée des vents sahariens et de l'abandon économique. Des graffitis recouvrent les ruines. Sur les plages viennent s'échouer des canots pneumatiques.

Logée dans sa baie iconique, Naples, deuxième métropole du pays. Quatre millions de personnes et pas une qui puisse prétendre échapper au temps géologique. La chose est acquise, on vit avec depuis qu'on vit ici: Naples est bâtie au milieu d'une zone volcanique. Odeurs de soufre et tremblements de terre, phénomènes de surélévation ou d'affaissement du sol – au fond de la baie reposent les vestiges d'une ville engloutie. Les volcans, ici, disposent du dessus et du dessous, recrachent les enfers à la face des humains ou engouffrent le monde si ça leur chante. De temps à autre, un nouveau cratère soulève le manteau terrestre, calcinant et enfumant quelques portions de territoire durement acquises par les populations. La Terre rappelle que le droit de continuer à exister ici dépend d'elle avant tout.

Il est exactement 7 heures du matin, ce 18 octobre, quand les premiers signes se manifestent. Entre les pavés de basalte de Spaccanapoli s'immiscent des fumerolles, des secousses mettent à l'épreuve la symétrie des colonnes de San Francesco di Paola, l'eau du lac d'Averne change subitement de composition. Au centre de Naples, le chaos quotidien du trafic et l'abondance des gaz d'échappement masquent un moment l'imminence de l'événement. Les Vespa brûlent l'asphalte dans l'aube éclatante, les touristes montent sur des bateaux en direction du Vésuve, les corps de *plâtre de Pompéi, figés par les cendres depuis deux mille ans, retiennent leur souffle. Dans le ventre de l'Italie, la pression se fait insupportable. C'est à quelques kilomètres de Naples, au cœur d'une zone antiquement baptisée Champs Phlégréens, qu'explose la première poche de magma. Un panache de roche en fusion crève l'écorce terrestre. Avec une violence aussi phénoménale qu'imprévisible, l'éruption commence.*

1

Roissy

Alix regarde par le hublot. Piquée de millions de points lumineux, la campagne se déploie en ondes jaunes et noires autour du périphérique, déjà en vue. Une structure de circuit électrique, ou la surface d'un écran cathodique qui palpite, cinq cents mètres en dessous. Par endroits, une localité de moindre importance reproduit, en miniature, ce schéma de spirale plus ou moins développée que forme l'Île-de-France la nuit – routes, immeubles, allées de réverbères, phares de voitures, la campagne, bientôt la banlieue, à 7 heures du matin.

Comment se déplace-t-on dans un tel territoire? Que représentent les distances? Peut-on franchir les cours d'eau là où il n'y a pas de pont? Y a-t-il des barbelés? Et puis, question fondamentale et beaucoup plus urgente: comment de si petites roues pourront-elles supporter le poids d'un si gros appareil? Alix visualise celles de l'Airbus A320, en provenance de Genève, qui entrent à l'instant même en contact avec la piste d'atterrissage de Roissy-Charles-de-Gaulle, laissent une trace noire sur le bitume, rebondissent brièvement, touchent de nouveau le sol, produisent des étincelles dans l'aube, crissent, se consument, travaillent à stabiliser ce qui est lancé à pleine vitesse: les tonnes de ferraille, sièges, bagages et êtres humains alignés en rangées serrées. L'avion décélère en quelques secondes, provoquant dans l'estomac d'Alix un mélange de nausée et de soulagement. Dans l'avion on s'étire, il est encore très tôt. Aux ondulations floues qui déforment la piste, on devine pourtant qu'il fait déjà horriblement chaud.

L'avion roule lentement en direction du terminal. Tassée au fond de l'appareil, Alix attend le dernier moment pour quitter son siège, enfile ses baskets d'une seule main, referme de l'autre le dernier bouton de son jeans. Malgré la climatisation qui fonctionne à plein régime, elle sent la transpiration rouler entre ses omoplates. Son pull à grosses mailles adhère légèrement au siège. Contre le hublot, à côté d'elle, la jeune femme voilée qui voyage apparemment seule – un peu plus jeune qu'elle, un regard très doux, mais elle ne se sont échangé que quelques coups d'œil timides – s'excuse en l'enjambant. Alix se serre au maximum, cuisses contre la poitrine, paumes sur les tibias. La main de l'autre prend appui sur son genou droit, la fille bredouille en anglais sans la regarder. L'avion avance toujours à petite vitesse, mais tout le monde s'est déjà levé pour attendre, semble-t-il, dans la position la moins confortable possible. Alix, qui a replacé sur ses oreilles son gros casque audio, réalise le doublage dans sa tête. Pardon, cette valise juste au-dessus de vous est à moi, ne bougez pas, voilà, excusez-moi, j'essaie de remettre ma veste, quelqu'un peut-il faire taire cette enfant, franchement, c'est pénible non ? Si elle enlevait son casque, Alix constaterait que personne ne parle, tout se passe en silence – un silence meublé de légères décompressions hydrauliques dans les parois et sous le plancher. En mode « aléatoire », son baladeur diffuse un morceau sans paroles délicatement arpégé, ponctué de basses sourdes qui évoquent les battements d'un cœur ou les pales d'une hélice dans de l'eau. Alix sourit. Elle ne saura jamais le nom de l'artiste – Florence, en préparant la playlist, n'a placé que des morceaux intitulés *Track_02* ou *Piste_07* – mais elle s'en moque, c'est doux, c'est son monde à elle pour ce matin et elle ne soulève le casque, furtivement, que pour adresser un merci d'usage à la pilote en quittant l'avion.

La passerelle qui mène au terminal est en plexiglas. À l'extérieur, devant l'une des halles dominées par la tour de contrôle, la manœuvre d'un appareil attire l'attention des passagers qui s'attroupent contre la vitre, créant une petite congestion. L'avion qui polarise les regards est de taille modeste, ciselé comme un rasoir aérodynamique. Il porte le logo d'Oceanic Airways et un nom, en lettres d'or sur le fuselage: Hyper Concordia.

— L'avion le plus rapide du monde!

— La traversée de l'Atlantique en moins de trois heures...

— Le sommet du chic, oui, pas loin de trente mille balles l'aller.

— Qui a les moyens de se payer un truc pareil?

— Il paraît que t'as le choix qu'entre les classes First ou Business, et c'est limité à soixante places.

— Si vous voulez mon avis, c'est quitte ou double pour Oceanic. Souvenez-vous du Concorde...

Alix contourne le groupe de curieux. Elle n'a pas besoin de savoir ce qui se dit autour d'elle. Cet avion, elle en rêve depuis des mois. Sa main fouille la poche de son jeans, palpe un morceau de papier qu'elle a longuement examiné ces derniers soirs, incrédule, essayant de percer la réalité et les implications de ce voyage, le sens de cette suite de noms propres accolés à une date.

Alix Franzen, Paris-New York, 18 octobre

Les passagers du vol de Genève débouchent par grappes à l'intérieur du bâtiment. Avec toute la cordialité dont sont capables les programmes informatiques, et en quatre langues, une voix rappelle que «la sécurité, sous l'état d'urgence, est durablement renforcée» – Alix connaît le message par cœur, diffusé dans tous les aéroports et les gares depuis les attentats de Lyon et de Marseille. *«For your safety and security»*, dit la version anglaise. La voix, en arabe, devient masculine. En espagnol, elle remercie le public de sa compréhension.

Des militaires, armés de mitraillettes et de chiens, scrutent le flux, qui se divise spontanément en deux files devant les guichets où sont prélevées les empreintes digitales. Certaines personnes sont orientées vers un tunnel opaque, de l'autre côté duquel un homme et une femme en uniforme fixent un moniteur de la taille d'un miroir en pied. Quelques mètres devant Alix, la jeune femme voilée est emmenée dans une pièce latérale. Alix a presque envie qu'on lui demande de passer dans le tunnel. Il paraît que les images sont impressionnantes: les corps, artificiellement mis à nus, peuvent être fichés selon leurs particularités anatomiques, les sexes biologiques révélés, l'âge calculé avec précision, les signes distinctifs ajoutés aux dossiers biométriques. L'année dernière, malgré les révélations de Wikileaks au sujet du trafic d'images de voyageurs mineurs sur des plateformes web, le gouvernement français a équipé tous ses aéroports de ces effeuilleuses virtuelles. Étonnée de devoir s'en tenir aux empreintes – d'habitude, la couleur de sa peau et son air «d'ailleurs» lui ouvrent les portes des tests et contrôles les plus sophistiqués –, Alix replace son casque sur les oreilles, bien décidée à ne pas quitter ce cocon de volupté qui l'entoure depuis son départ de Lausanne. Du pouce, elle augmente légèrement le volume de la chanson qui passe à présent – *Track_22* – et qui, magie de l'aléatoire, parle d'amour et d'avions de ligne.

Love is like an aeroplane,
You jump and then you pray...

Elle rejoint l'un des tapis roulants qui irriguent la zone de transit, cherchant du regard un écran d'information pour sa correspondance. Les publicités gigantesques sur les deux murs parallèles défilent durant quelques secondes au même rythme qu'elle, puis repartent en arrière pour accompagner un autre voyageur. De l'eau volcanique partagée par des fillettes presque nues, un abonnement de téléphonie illimitée «Grande-Bretagne incluse », une vidéo de l'Hyper Concordia fendant l'air transatlantique avec cette punch line : « Remontez le temps. Départ tous les jours à midi de Paris. Lorsque vous arrivez à New York, il n'est pas encore 9 heures du matin. » La réclame suivante fait l'éloge des nouvelles gélules anti-jetlag de Novartis à base de mélatonine naturelle et de basilic tropical.

L'aéroport est plutôt calme et Alix, sur son tapis roulant, cherche une position confortable, recueillant un bâillement dans les mailles de son pull-over, son sac pressé contre le ventre. Le petit minuteur latéral annonce encore un quart d'heure de défilement jusqu'au Tout public dès 5 ans, 45 minutes. secteur X. Les panneaux de correspondance mentionnent quelques retards, des suppressions de vols vers l'Allemagne, mais le sien est prévu *« on time »*. Elle a le temps, elle se laisse porter. De l'autre côté des baies vitrées qui ponctuent le parcours, le ciel gagne en luminosité. Légèrement décalé par rapport au trou aveuglant qui signale l'emplacement du soleil, un second halo, irisé comme l'intérieur d'une huître, crée cet effet de caméra qu'Alix adore – et qu'on peut aujourd'hui ajouter artificiellement, en dépit des lois de l'optique, sur n'importe quelle photo. Les petits cercles, colorés comme des bulles de savon, bougent en même temps que son regard, la vision rebondit doucement sur elle, mais quand elle essaie de s'imaginer, dans quelques heures, au milieu des gratte-ciel de Manhattan, les images lui manquent. Sur le tapis qui circule en sens inverse courent cinq messieurs obèses en costume, donnant l'illusion de se déplacer presque sans effort à la vitesse de sprinters olympiques. Des gens la doublent par la gauche, un enfant, bouche hurlante, tiré par une femme au visage épuisé, Alix aperçoit dans l'embrasure d'une porte marquée «Personnel autorisé» deux employées qui s'engueulent en gesticulant, les mêmes publicités passent et repassent, parfois entrecoupées d'un bref teaser pour le dernier blockbuster de Roland Emmerich – «Par le réalisateur d'*Independance Day* et du *Jour d'après*, le monde comme vous ne voudriez pas le connaître». Encore une histoire de volcan, un genre de *Pic de Dante* à l'européenne mettant en scène l'éruption en chaîne de toute l'Islande, invraisemblable catastrophe qui ne manque pas de plonger le continent dans un chaos total. Une débauche d'effets spéciaux, des dialogues à l'emporte-pièce et la condescendance américaine habituelle à l'égard de l'Europe – Alix voit ça d'ici.

Le secteur X, entièrement réaménagé aux couleurs d'Oceanic Airways – turquoise et or –, est quasiment vide. Il y a des photos de l'Hyper Concordia partout. Clairement plusieurs crans au-dessus des habitudes d'Alix, mais pourquoi ne pas jouer le jeu de l'élite et du luxe le temps d'un voyage? Le voyage de sa vie.

À la devanture d'un kiosque s'affichent les unes des principaux journaux et magazines. Alix repère les encadrés qui l'intéressent. *Première* annonce «Les séries télé que vous allez adorer cet hiver», *StreamUp* prédit «European Storytelling: A New Era», *Les dossiers de la télé* promettent «Les meilleurs *cliffhangers* de tous les temps». Elle renonce à acheter quoi que ce soit et avance à pas feutrés sur la moquette qui borde les trois guichets d'accueil. Elle relâche son casque audio autour du cou – on peut encore entendre, dans le silence quasi religieux du secteur X, les dernières pulsations d'un mouvement symphonique. Quatre heures avant l'embarquement, un seul des guichets est ouvert. L'employé lui demande aimablement, dans un français teinté d'accent américain et de traductions littérales, une pièce d'identité, sa carte d'embarquement et, puisqu'elle est en transit, le relevé de son bilan biométrique d'arrivée. Alix sort un passeport américain de son sac – sourire entendu du monsieur – et explique d'une voix plutôt hésitante qu'elle est «cliente à vie». L'homme marque une pause, ouvre la bouche, la referme, effectue une brève recherche sur la tablette posée à côté de son ordinateur, regarde Alix dans les yeux avec un petit mouvement de menton, lèvres tirées vers le bas, qui mime une compréhension teintée de respect.

— Je vois que c'est votre (il fait défiler avec son doigt la liste affichée sur sa tablette)... *très premier vol* avec Oceanic Airways. *Congratulations*, on ne vous attendait plus !

Et moi donc, pense Alix en remettant ses papiers dans son sac.

Assise en tailleur sur la moelleuse moquette de la salle d'attente du secteur X, à la verticale d'une lampe tamisée, musique dans les oreilles, café long dans un gobelet posé sur son ordinateur fermé, adossée à la vitre donnant sur le tarmac – poste d'observation idéal, vue dégagée à la fois sur le panneau des départs et l'accès aux passerelles –, Alix scrute le rectangle couleur platine, format carte de crédit, que le steward vient de lui remettre.

Life Member – Born on Board

Quand on la fait osciller entre les doigts, la carte laisse deviner l'hologramme d'un petit avion qui tourne par saccades autour d'un globe. Le panneau d'affichage indique qu'il est 8 h 08. Alix ouvre son sac, en sort un baume qu'elle applique sur ses lèvres. Elle fouille encore, saisit son téléphone, l'allume.

Elle balaie une à une les icônes signalant de nouveaux messages ou des mises à jour. C'est la photo de son écran de déverrouillage qu'elle veut voir – voilà, ça y est, c'est ce visage, c'est cette fille. Blonde, souriante, les yeux fermés dans la lumière rasante – *no filter*. Dans le coin de l'image, un fragment de son visage à elle, Alix, peau de métis pixellisée et longs cheveux noirs. Le sommet de la Dent de Jaman, premier jour du printemps. Les 25 ans de Florence. Derrière le couple, un océan de brouillard, quelques montagnes écrémées qui transpercent la ouate. Alix pose l'appareil sur sa cuisse et allume l'ordinateur. Dans un dossier intitulé «Pilotes», elle double clique sur un fichier au hasard, place son passeport entrouvert devant l'écran, en équilibre sur la moquette, suffisamment éloigné pour qu'on distingue à la fois sa photo d'identité, les premières images de *Lost* et les couleurs d'Oceanic Airways en arrière-plan. Elle reprend son téléphone, caresse du doigt le visage de Florence, provoquant l'activation de l'appareil. Elle photographie la scène, qu'elle substitue au selfie sur la montagne comme fond d'écran, puis partage la même photo sur sa page Facebook, avec un unique commentaire.

Passeport américain, comme neuf, s'apprête à rentrer au pays #cliffhanger

2

Clim Camp

Il est 3 heures du matin, le milieu d'une nuit d'octobre au Groenland. La baie de Melville, côté Canada, est peut-être striée de reflets bleu profond. À soixante kilomètres de la côte ouest, les lumières de Clim Camp clignotent. Dans cette base affrétée par le Service climatique européen, des jeunes hommes et femmes venus de tout le continent effectuent leur quota de jours obligatoire, sous la houlette d'un instructeur agréé. Cette année, ils sont cinq à avoir passé l'automne à Clim Camp, rejoints il y a dix jours par un autre groupe, ceux de Summit, eux aussi en fin de mission. Tout le monde est regroupé pour attendre l'avion qui doit les ramener à la maison.

Cela fait des semaines qu'aucun d'eux n'a pris de vraie douche. Deux ou trois fois par semaine, ils remplissent une bassine de neige qu'ils font fondre sur le réchaud au propane, et ici-même, dans l'intimité de la tente T2, entre les réserves de nourriture – caisses jaunes – et le matériel – caisses grises –, ils se lavent comme ils peuvent. Trempent leur gant de toilette dans la bassine, frottent, calment les tremblements du corps poisseux exposé à l'air piquant. Cette nuit d'octobre, à 3 heures du matin – c'est-à-dire 7 heures à Naples, Kotor ou Paris –, on vise un meilleur standing.

Ils ont déniché la cuve sous une bâche et sous plusieurs kilos de couvertures. Ce n'est pas exactement une baignoire, même si elle en a la forme et la profondeur. Elle a pu servir à stocker des échantillons de glace, abreuver des veaux de mer, mijoter une immense soupe de pommes de terre. Éole y verse sa quinzième casserole d'eau frémissante et commence à rire tout seul, ivre et nerveux – ils sont peut-être bien en train de faire une connerie. Tant pis, ils en ont trop envie, ils vont s'offrir un bain de minuit au Groenland.

Éole se retourne pour voir entrer Pascaline, qui tient précautionneusement un sac étanche au contenu fumant qu'elle déverse dans la cuve. Des éclaboussures se répandent sur le sol de plastique rouge. Une main sur la hanche, la jeune femme considère avec sérieux le clapotis de l'eau vaporeuse; après un temps de réflexion, elle saisit sa Carlsberg, posée sur l'un des nombreux caissons qui encombrent l'espace voûté de la tente. Elle en boit une gorgée puis la tend à Éole, qui rigole toujours. Tu peux la finir. Il ne se fait pas prier et vide la canette d'un trait, avant de s'essuyer les lèvres et de commenter, en anglais.

— Dommage qu'il n'y ait plus de vodka, ce truc qui a le goût de pisse, j'en peux plus. Vivement demain soir, qu'on soit rentrés.

— Je la trouve pas si mal, cette bière.

— C'est parce que t'y connais rien, petite fille. Tu viendras me rendre visite en Grèce et je te montrerai la vraie vie.

Pascaline voudrait rétorquer mais Florence et Magnus arrivent à ce moment-là, le dos ployé sous la charge d'une marmite beaucoup trop pleine, qu'ils portent tout près du sol et dont ils renversent un bon tiers en trébuchant sur le seuil de la tente. Magnus éclate de rire. Florence, courbée, essoufflée, lui fait signe de se taire – tu vas réveiller les autres, abruti. La cuve est à moitié remplie, mais cela devrait suffire. Florence se penche et trempe un doigt dans l'eau, le retire aussitôt – mazette, ça brûle. Éole l'imite, répétant ses mots en forçant sur son accent (en réalité, il parle plutôt bien français). Florence fronce les sourcils et lui dit de la fermer, mec. Les quatre jeunes gens ivres considèrent leur œuvre. Le jacuzzi est fonctionnel. Ok, *guys*, on y va ou quoi?

Florence attend de voir, je vais peut-être laisser refroidir un peu. Pascaline hausse les épaules et lui dit comme tu veux, puis sourit et murmure à l'intention de tous : *Striptease time*. D'un mouvement qu'elle voudrait langoureux et fluide mais que l'alcool rend maladroit, elle retire sa polaire – ses cheveux, électrisés par la matière, font de petites étincelles, elle se débat en riant. Les trois autres la regardent, amusés, mais il y a autre chose. Pascaline est belle. C'est même l'un des sujets de conversation préférés de la petite équipe depuis qu'ils se sont tous retrouvés ici. Il s'agit de mettre le doigt sur la nature de cette beauté – parce que dans le détail, elle n'a rien d'exceptionnel, Pascaline. Elle-même le dit et le répète, OK, elle est blonde, bon, elle a un petit nez retroussé mais pas trop, une rondeur lisse, une moue enfantine qu'elle entretient à fond, calmez-vous, je suis pas non plus Miss Univers. Quelqu'un a finalement déclaré qu'elle avait un charme très xxe siècle, ce qui a mis tout le monde d'accord, même si on n'est pas certain de comprendre ce que cela signifie.

Pascaline en est au t-shirt et Éole s'y met aussi. Il se déshabille vite, la rapidité de ses gestes trahit sa gêne, parce que sous son débardeur, le torse est osseux, le ventre dur, les veines apparentes – une morphologie de famille mais tout de même, combien de fois s'est-on foutu de sa gueule, l'asperge, la brindille, la crevette grecque. Il laisse ses habits en tas sur le sol humide et enjambe le bord de la cuve à la suite de Pascaline. Debout dans l'eau, en sous-vêtements, ils remuent le bout des doigts en chuchotant fuck fuck fuck, petite danse d'ébouillantés hilares. Pendant ce temps, Magnus ôte ses habits un à un, les plie soigneusement et les dépose sur un caisson. Entièrement nu, il entre à son tour, les deux autres s'écartent, il s'assied lentement entre eux, l'eau monte de plusieurs centimètres. Pascaline sourit et commente – on m'avait bien dit que la Norvège recelait des splendeurs cachées. Magnus la regarde sans avoir l'air de comprendre.

Ça déborde, les vêtements trempent dans les flaques, tout le monde s'en fout sauf Florence, toujours à l'extérieur de la cuve, qui attrape l'une des casseroles pour écoper – cela ne lui ressemble pas. Elle ouvre la porte et jette l'eau hors de la tente, le vent s'engouffre, les autres lui crient de refermer, ça caille, on est quand même au fucking Groenland. Après trois, quatre allers-retours, Florence laisse tomber – elle a la tête qui tourne et la tente est déjà inondée, ses efforts sont inutiles. Elle se déshabille à son tour, de dos. Ils sont maintenant tous les quatre dans la cuve, genoux serrés contre le buste, il n'y a presque plus de place pour l'eau. Magnus dit qu'il faudrait filmer ça. Florence répond qu'il ne vaudrait peut-être mieux pas, qu'elle n'est pas sûre d'avoir envie que circulent des images d'elle à poil avec trois ados attardés. À poil ? Chiche, lance Pascaline. Florence plisse les yeux, la jauge, sérieuse ou pas sérieuse ? Elle décide qu'elle n'a rien à perdre, glisse une main dans son dos et dégrafe de deux doigts son soutien-gorge. Imperturbable, Pascaline l'imite.

Ils sont à ce stade de la soirée où les choses pourraient devenir sérieuses. Éole est brièvement ressorti de l'eau pour éteindre les lumières et enlever son caleçon – de la triche, a dit Pascaline, on ne voit plus rien –, il ne reste qu'une seule lanterne à LED, posée sur un caisson, pour l'ambiance. Magnus se tait depuis un moment, concentré sur les épaules de Pascaline qui s'est glissée entre ses jambes pour lui demander un massage. Celle-ci ferme les yeux, respire plus lentement, grimace de temps en temps, aïe, oui, là, c'est bon, sous l'omoplate, oui. Florence voit bien qu'Éole lorgne vers elle, ça l'agace, il va falloir qu'elle lui explique que les garçons, c'est pas son truc. Les mains de Magnus sont sous l'eau, Pascaline est totalement absorbée, Éole ne sait plus où regarder. Florence rejette la tête en arrière.

Les rires se ramollissent, on parle de moins en moins. La tiédeur dans laquelle ils baignent, la lumière tamisée de la pièce, le vent qui fait frémir les parois de la tente, l'alcool qui se diffuse, le sommeil qui insiste. L'engourdissement les gagne. Florence a redressé la tête, elle détaille le visage de Pascaline, ses traits somnolents, un peu moites, très doux dans la pénombre. Magnus ne bouge plus.

Demain c'est fini – c'est ce qu'ils se répètent, chacun pour soi, sans savoir quoi penser de cette grande vérité. Le retour, après six mois d'expédition pour certains, quelques semaines pour d'autres, et ces tout derniers jours ensemble ici, à Clim Camp. Demain le vol jusqu'à Kangerlussuaq – improbable bled de cinq cents âmes, terne et sableux, maisons de tôle plantées au bout d'un fjord interminable et flanqué d'un minuscule aéroport international –, puis l'Airbus A330 d'Air Greenland en direction de l'Europe. Demain, c'est la fin de l'Arctique. Dans la cuve, plus personne ne parle. Éole est sorti. L'eau n'est déjà plus si chaude et les filles remettent leur soutien-gorge.

3

Kotor

Nora pose un pied sur la marche à demi effondrée, lève le regard vers le sommet illuminé par les premiers rayons de la journée. L'escalier ancien et monumental longe les remparts de la citadelle jusqu'à disparaître dans les lauriers-roses et les mimosas, en direction de la grande paroi de calcaire qui surplombe la baie. La jeune fille n'est chaussée que de petites baskets basses, mais son pas assuré s'équilibre instinctivement sur les cailloux – magma de rocailles, de végétaux et de ruines qui crissent et s'éboulent sous ses semelles. Autour d'elle, quelques touristes matinaux, tout aussi peu équipés, se font surprendre par la friabilité du terrain, glissent, transpirent, s'appuient sur le mur centenaire qui relie les églises lovées contre la montagne à la vieille ville de Kotor, Monténégro. Nora dépasse le groupe. À la hauteur d'un banc, un gros monsieur chancelle, s'accroche à son bras, elle sursaute, le monsieur s'excuse, la

remercie en espagnol, volubile et suant. Elle lui sourit sans les yeux et accélère le pas. Ce serait trop con de rater le moment.

Elle a repéré la brèche dans les remparts dès leur arrivée, samedi dernier. Elle avait laissé les garçons en bas, Virgile et son père à la recherche d'un appartement près de la plage, Vasko aux retrouvailles taciturnes avec son pays. Les hauteurs l'avaient immédiatement attirée. Elle n'a pas parlé de cet endroit aux deux autres mais n'exclut pas de le leur montrer, si l'occasion se présente. Elle rejoint l'éboulement qui forme une porte naturelle dans cette partie peu fréquentée des remparts et mène vers un vallon encaissé, en retrait de la baie. Elle s'y faufile. Selon les indications trouvées sur Internet, les premiers rayons de soleil de ce 18 octobre doivent atteindre Kotor, au fond de la vallée, à 7 heures, mais à cette altitude, sur le flanc ouest de la montagne, ils arrivent avec quelques minutes de décalage. Le paysage, à sa droite, évoque de l'or fondu ou du mercure ruisselant. Le bruit des vagues monte jusqu'à elle.

Même l'herbe, ici, a l'air d'avoir mille ans. L'étroit sentier monte en pente douce. Des insectes disparaissent sous les pierres sans un bruit. Elle n'entend plus que le son mat de ses semelles sur la terre et le braiement étouffé des trois ânes croisés plus bas dans le vallon, vers l'église en ruine. Quand elle se retourne, le décor est parfait. La baie de Kotor et son étrange forme de trèfle, la lumière oblique de l'aube et, plus proche d'elle, le sommet des remparts. De ce côté-ci il n'y a plus personne.

Nora pose son téléphone contre un rocher et active la caméra. Elle fait quelques pas en direction de la baie, le dos tourné, jette un coup d'œil par-dessus son épaule pour vérifier qu'elle occupe bien le cadre, se positionne un peu plus sur la droite. Sort un paquet de Parisienne Orange, place une cigarette entre ses lèvres, actionne un briquet, tire une grande bouffée et souffle sur le bout rougeoyant de la clope pour s'assurer une combustion homogène. Un toussotement. Elle tient la cigarette, qu'elle laisse se consumer avec une fausse désinvolture, dans la main gauche. Elle imagine déjà la fine fumée se mêler à la brume marine. Quand il ne reste plus que le filtre, elle prend une dernière taffe, se retourne face au téléphone et expire la fumée dans le creux de sa main droite, qu'elle ouvre d'un coup et qui prend feu. Des flammes violettes crépitent sur sa paume. Elle ferme le poing. Il faudra couper la vidéo à ce moment-là.

Vue du ciel, la baie de Naples est criblée de cratères de différentes générations, disques parfaits comme autant d'impacts de météorites. Le nouveau-né a poussé au beau milieu, dans une zone que les cartes nomment la Pianura, «la plaine», en bordure d'un espace végétalisé destiné à faire respirer l'agglomération suffocante. Comme une fleur nouvelle qui écarte la fine couche de neige, le volcan a soulevé la terre, le bitume et tout ce qui s'y trouvait: route nationale, communications câblées, métro, égouts – a-t-on idée de faire passer autant de choses dans les sous-sols d'un territoire miné? Les immeubles valsent au bord de nouveaux gouffres. Deux heures après le début de l'éruption, ce qui reste de l'ouest de Naples se rue dans des voitures, se réfugie dans des caves. Les touristes remontés de leur plongée sous-marine dans les ruines englouties découvrent la scène irréelle qui se joue à l'horizon. Les sirènes cognent contre les montagnes. Tous ceux qui ne courent pas encore ont les yeux rivés vers la Pianura et l'immense colonne de feu et de fumée qui s'en échappe. On n'ose pas imaginer ce qui peut s'y passer, ni tout ce qui, déjà, est englouti sous la roche ignée.

4

Roissy

« Il les a tous tués, ils sont tous morts... »
C'est une voix de femme, elle s'exprime en
français, répète ces quelques mots, en proie
à une détresse manifeste. «Ils sont tous
morts...» Sur l'un des sommets de l'île verte,
le groupe de disparus vient d'échapper à une
attaque d'ours polaire et se rassemble autour
du transpondeur, écoutant incrédule le message radiophonique qui tourne en boucle.
Puis c'est le noir.

Alix interrompt l'épisode d'un coup de
barre espace avant que le générique ne commence. Elle lève les yeux au-delà du scotch
qui recouvre l'œil de sa webcam. Il lui faut
un moment pour faire la mise au point sur
ce qui l'entoure. Elle se masse les paupières,
étire les bras et les noue au-dessus de la tête,
cambre le dos, bloque sa respiration, ferme
les yeux en frémissant. Il fait à la fois trop
chaud et trop froid contre cette double vitre.
En lançant le pilote de *Lost* pour prendre sa

photo, elle ne pensait pas se laisser emporter deux heures d'affilée. Autour d'elle, toutes les lumières sont allumées, l'odeur de café torréfié a pris le dessus sur celle de la moquette neuve, et elle constate qu'elle n'est plus du tout seule dans la zone d'attente du secteur X. Des gens en costumes noirs, cravates desserrées ou hauts talons sont accoudés au bar avec des verres à pied piquetés de parasols aux couleurs d'Oceanic Airways. Une famille détentrice de la gamme entière de bagages Vuitton occupe trois tables hautes à quelques mètres d'elle. Plusieurs hôtesses s'affairent devant les panneaux turquoise et or vantant les performances uniques de l'Hyper Concordia. Encore deux heures et Alix prendra elle-même la mesure de cette poussée extraordinaire qui doit rendre l'Atlantique aussi étroit que l'était la Manche il y a un siècle, et la conduire, dans le temps qu'il lui faut habituellement pour aller à la Mostra de Venise ou au Festival d'Oslo, sur les rives du pays qui l'a vue naître.

Elle rapproche les affaires éparpillées autour d'elle, redéfinit sa zone vitale. Avale la fin de son café froid, change de position pour soulager ses jambes engourdies, remue les orteils à l'intérieur de ses baskets et se rend compte qu'elle a besoin de passer aux toilettes. En se penchant légèrement de côté, elle aperçoit un écran plat qui diffuse les news américaines. Les mimiques snobs du Président des États-Unis – sa nouvelle coupe de cheveux sature l'actualité et occulte la crise du parlement allemand –, un défilé de tanks dans un pays africain, les images amateurs d'une évacuation en Italie – des gens minuscules, de la fumée –, le lancement d'un nouveau satellite nord-coréen. Alix bâille.

Les trois guichets d'accueil ont atteint maintenant leur vitesse de croisière pour renseigner et servir les nouveaux clients qui entrent en continu dans la zone d'attente. Alix repère, au-dessus de la foule, les logos indiquant les toilettes – hommes d'un côté du pilier de béton, femmes et handicapés de l'autre. Elle esquisse un mouvement pour se lever, enlève le casque de ses oreilles – assaut soudain de voix, de langues étrangères, de tasses qui s'entrechoquent, de machines à café qui sifflent. Elle se ravise. Il reste à peine plus d'une heure avant l'embarquement, autant conserver ce petit bout de territoire intact. Elle se laisse glisser contre la vitre, s'assied de nouveau en tailleur, enfile son bonnet de laine brune, sous lequel elle regroupe tous ses cheveux. Elle a toujours aimé pisser dans les avions.

L'épisode 3 de *Lost* semble interminable. Les discussions entre Jack et Kate, fondues dans le brouhaha grandissant de la zone d'attente malgré le volume poussé au maximum, ont perdu tout leur charme. Alix se surprend à regarder quatre fois l'heure sur son téléphone – 10 h 31 – sans que le chiffre se décide à changer. Refusant de céder, elle fixe les petites barres numériques, guettant l'apparition du 2. Le temps se dilate, le 2 se fait désirer.

Elle transpire sous son bonnet, plaqué par le casque contre ses oreilles. Les fourmis dans ses jambes sont revenues, sa culotte est mal placée et, pourquoi est-ce que cela doit toujours arriver dans ces moments-là, sa coupe menstruelle crée une petite gêne qui focalise toute son attention sur son pelvis. L'envie de pisser devient franchement dérangeante. Un gros monsieur, croissant comprimé dans une serviette, l'enjambe en lui écrasant pratiquement la main et lâche une pluie de miettes sur son ordinateur. D'une touche de clavier, Alix envoie valser les taches de rousseur ébahies de Kate au beau milieu d'une phrase, balaie les miettes de son ordinateur, enlève son bonnet dans une salve d'étincelles et se gratte énergiquement le crâne. Sort un petit flacon de liquide bleu, se désinfecte les mains, entame un chewing-gum à la cannelle. Sur son baladeur elle choisit une playlist intitulée *Hard Work Works* – uniquement des morceaux répétitifs, structurés, sans paroles –, active la fonction « point d'accès mobile » de son téléphone pour relier son ordinateur à Internet. Une fois la connexion établie, Alix attaque: ouvre son logiciel de notes, choisit celle qui s'intitule «idées articles séries», considère un instant la liste, ouvre un navigateur internet, tape la lettre «a» et laisse l'URL entière de son blog s'afficher par défaut, se logue en mode administratrice, crée une nouvelle publication qu'elle commence par intituler «Le début de la fin: *Lost* et *The Leftovers* ou l'art de tourner en rond», efface et réécrit, butant trois fois sur le mot «tourner», revient à sa liste de notes, se décide pour «Commencer plutôt que finir? Les boucles existentielles dans *Lost* et *The Leftovers*», mâche son chewing-gum qui n'a déjà plus de goût, redimensionne la fenêtre du blog pour qu'elle occupe la moitié gauche de l'écran, ouvre une seconde fenêtre internet qu'elle place à droite, y affiche sa boîte mail, essaie de faire abstraction des 37 nouveaux messages non lus qui apparaissent en gras – constate tout de même qu'il y en a un de Norbert et se promet d'y revenir dans l'avion, chose qu'elle consigne tout en haut d'une note intitulée «À faire» –, tape dans le moteur de recherche de sa boîte mail les mots «*Le Monde des séries*» et «commande d'article», ouvre un nouvel onglet pendant que la recherche s'effectue, accède brièvement à une page météo automatique, ferme un pop up dans lequel une jeune fille au string ridiculement fin se cambre et laisse voir tout son sexe depuis l'arrière, ouvre sa page Facebook pour constater que sa dernière photo a récolté 217 pouces levés, 11 pouces baissés, 38 fronts en sueur et suscité 60 partages, crache son chewing-gum et le colle contre le mur, ferme un autre pop up qui cherche à lui expliquer étape par étape comment gagner jusqu'à deux mille euros par jour en toute légalité grâce à la bourse, constate que la page mail n'a pas pu charger, vérifie le réseau que capte son téléphone, observe qu'il oscille entre du «E» et du «H+», se frotte les yeux puis les ouvre très grand plusieurs fois, essaie de se connecter au Wi-Fi avec des mots de passe bidon, «Hyper Concordia», «Remonter le temps», «123456789», sans succès, regarde l'heure – 10h35 –, rouvre sa page Facebook, remarque que la fonction *«safety check»* vient de s'activer pour la région de Naples, fait défiler les publications – plats cuisinés, selfies avec bébés, article du *Guardian* qu'elle ouvre dans un nouvel onglet pour le lire plus tard – jusqu'à ce qu'une image l'arrête net.

Une image d'un autre lieu, presque d'une autre dimension: électrisé de transparences bleues impossibles, immense et majestueux, un iceberg dérive dans les eaux noires et absolument plates d'une baie bordée de maisons posées les unes à côté des autres. Alix clique sur la photo, postée par *Green Teens*. La messagerie instantanée, au bas de la page du groupe, lui mentionne qu'elle «connaît Florence» et lui propose de «chatter en direct avec elle». Alix bifurque sur la page privée de Florence, vérifie son statut – «célibataire» bien sûr, «hors ligne» évidemment –, déroule les dernières activités. Les publications les plus récentes – onze seulement depuis juillet – sont toutes localisées au-dessus du cercle polaire. Une aurore boréale, une très courte vidéo de l'océan sous la surface duquel affleure un groupe de narvals – émoticônes de licornes en guise de légende –, des photos du groupe avec bonnets et lunettes de ski dans les doudounes vertes du Service climatique européen, un diaporama en gros plan sur les nuances marbrées des carottes de glaces stockées dans des caves sous la neige, des crépuscules kitchs sur la banquise. Et ce dernier selfie, mis en ligne il y a dix heures à peine – dix heures, au moment où Alix allait se coucher pour la dernière fois dans son lit lausannois. On y voit Florence et trois autres personnes au sommet d'une montagne glacée, souriant comme des dingues devant un coucher de soleil et d'autres montagnes glacées. #VeryLastNight, #CeSoirCestJacuzzi. Compte tenu du décalage horaire, la fête bat peut-être encore son plein.

Alix n'arrive pas à décider ce qui la trouble le plus : le fait que Florence et elle vont, à peu de choses près, se croiser dans les airs d'ici quelques heures, ou l'idée que c'est ensuite Florence qui sera de retour en Suisse, après des semaines d'absence, pendant qu'elle, Alix, sera ailleurs. À la recherche d'une chimère, un point mouvant dans l'espace aérien américain entre Minneapolis et New York. Elle ne sait plus très bien si on le lui a raconté ou si elle l'invente, mais elle a un drôle de regard lorsqu'elle essaie de se représenter sa mère hurlant de douleur puis de joie à dix mille mètres d'altitude, les odeurs mélangées de sueur et de liquide amniotique, de vie et de peur, d'alcool désinfectant et de champagne, la vitesse de la nuit au-dehors, les mains maculées de sang et de merde du jeune interne en gynécologie qui se trouvait dans le même avion que ses parents et à qui elle doit la vie. Ce qu'on lui a raconté, en tout cas : le silence miraculeux de l'appareil durant de longues minutes, puis les applaudissements euphoriques au moment où son père, émergeant de la petite tente improvisée au fond de la cabine, l'a présentée, elle, Alix, enroulée dans des couvertures de survie en aluminium, hurlant *It's a girl !* aux deux cent trente-quatre témoins involontaires de sa naissance. Au décollage, les flammes ravageaient Minneapolis – l'incendie de Thanksgiving est resté dans les annales –

et le crépuscule prenait les airs d'un enfer qui se résorbe, le film d'une explosion projeté en sens inverse. L'avion avait été sérieusement secoué et les contractions avaient débuté peu après. Aujourd'hui, on ne laisserait jamais embarquer une femme aussi près du terme, même sur un court vol domestique.

Alix suit des yeux le Boeing qui prend son envol à ce moment même au bout de la piste. Les avions jalonnent son histoire. Et aujourd'hui c'est une nouvelle page qui s'écrit. Elle se demande si la trajectoire du bolide dans lequel elle s'apprête à monter – et pisser, mon Dieu, pisser! –, traversant l'Atlantique à une vitesse ridiculement élevée, passera par-dessus la calotte groenlandaise. C'est la route la plus courte, compte tenu des courants. Y a-t-il une chance pour que Florence la voie passer depuis les lucarnes de son camp lunaire posé sur la glace? Une élégante cicatrice dans le ciel, les vapeurs de l'Hyper Concordia fonçant sur New York avec à son bord des hommes et des femmes d'affaires, des voyageurs friqués, des membres de gouvernement, des curieuses fortunées, des reporters, des tradeuses. Et elle, Alix Franzen, journaliste cinéma suivie par deux cent mille personnes sur son site spécialisé mais vivant avec un salaire dérisoire dans un appartement subventionné. Elle, l'Américano-Suissesse de bientôt quarante ans, née par hasard dans un avion d'Oceanic Airways, elle la solitaire, l'orpheline, la métis. Est-ce que Florence lui pardonnera?

Autour d'Alix, la foule se fait de plus en plus compacte. Anormalement compacte. Tout le monde regarde dans sa direction, certains brandissent des téléphones portables. Ces gens la dévisagent-ils? Elle referme son ordinateur – oubliés Florence et le Groenland, Minneapolis et les odeurs du passé –, le remet dans sa housse et glisse toutes ses affaires dans son sac à dos, dont elle cadenasse la fermeture éclair. Elle déconnecte son casque audio et se lève au milieu du brouhaha. Non, ce n'est pas elle que les gens regardent, mais un point *derrière* elle. Le petit espace qu'elle crée en passant de la position assise à la station verticale provoque un léger appel d'air. Une dame asiatique et âgée tombe sur elle et se confond en excuses. Compressée contre la grande vitre à laquelle elle est restée adossée depuis son arrivée, Alix se retourne. Sur le tarmac en contrebas, un avion est en feu – des flammes et une épaisse fumée blanche s'échappent du fuselage. Un autre appareil se trouve juste à côté, le nez dans l'aile du premier. Les pompiers ont déjà commencé à intervenir. Quelques mètres plus loin sur la piste, les passagers évacués, massés derrière un cordon de sécurité, filment la scène ou se photographient. Aucun son ne franchit

l'épaisse vitre de la zone d'attente du secteur X où Alix et la riche clientèle d'Oceanic,
aux premières loges, regardent brûler l'Hyper
Concordia flambant neuf.

5

Kotor

Nora pénètre dans l'appartement en rete-
nant la porte – elle s'applique mais ne peut
empêcher le bruit, une sorte de glissement
puis le mécanisme qui claque. Ça l'étonne-
rait que les garçons soient déjà réveillés. Elle
enlève ses baskets imprégnées de la poussière des remparts, se glisse dans la chambre,
laisse ses yeux s'habituer à la pénombre tiède
et un peu lourde. Les deux corps sont là, sur
le lit double, immobiles. Elle enjambe les sacs
de voyage défaits, cherche à tâtons le matelas de sol sur lequel elle a dormi – c'était son
tour, Vasko s'y est collé le premier soir, et
Virgile hier. Elle attrape son ordinateur, en
profite pour entrouvrir la fenêtre puis ressort
de la chambre à pas de loup. Dans le trapèze
jaune de la porte, elle s'arrête et se retourne.
Sur le lit, les deux corps respirent en même
temps: celui de Virgile, fin et clair, étendu
sur le dos, le drap enroulé entre les jambes
jusqu'au haut du torse, les mains rejointes

comme celles d'une ballerine au-dessus de la tête; celui de Vasko, plus imposant et plus bronzé, en caleçon, tourné sur le côté, le drap en boule à ses pieds. Nora détourne le regard et se dirige vers la cuisine.

Elle pose son ordinateur sur la table, place son téléphone sur la zone de transfert direct et lance la récupération de la vidéo qu'elle vient de tourner. L'eau chauffe dans la bouilloire, Nora attrape le pot en terre cuite rempli d'échantillons de café instantané. On pourrait croire le rituel bien rôdé, mais le café, il y a une année à peine, elle n'y avait jamais goûté. La première fois, c'était après l'église – elle accompagnait encore sa mère tous les dimanches, ça aussi, ça lui semble tellement loin. Elle s'en était rempli un gobelet après le service, sur les tables devant l'entrée où s'étalaient biscuits et boissons gratuites. Comme pour la cigarette, elle n'a pas tout de suite aimé le goût, mais elle a aimé la posture. Sa mère avait interrompu une conversation avec le prêtre pour la prendre à part. Elle avait «chuchurlé» – un verbe que Virgile avait trouvé pour qualifier cette manie qu'a la mère de Nora de s'énerver de façon absurdement silencieuse – devant cette «nouvelle habitude qu'on n'avait pas dans la famille», lui avait ôté la tasse des mains. Nora n'avait rien dit. Elle a l'impression d'avoir beaucoup changé en une année. Elle a l'impression qu'elle ne se laisserait plus faire aujourd'hui. Les nouvelles habitudes, c'est elle qui se les invente désormais si ça lui chante.

Elle verse le café dans une grande tasse qu'elle pose sur la table à côté de l'ordinateur. Le chargement de la vidéo est sur le point de se terminer, l'icône du fichier a déjà rejoint les images de ces trois derniers jours, essentiellement des photos de falaises aux nervures graphiques, des rues ensoleillées en noir et blanc, des plages vides. Quelques portraits d'eux trois pris par Mike, le père de Virgile, sous les murailles de la ville. Et un nombre invraisemblable de selfies. C'est presque toujours elle qui pose au milieu. Logique, d'une certaine manière: sans elle, les deux garçons ne seraient jamais partis en vacances ensemble. Des graffitis sur une façade. Mike en train de lui apprendre le tour de magie du feu dans la paume. Vasko dans le minivan, fixant le paysage côtier avec cet air de petit garçon buté qu'il a dès qu'il ne parle pas. Six semaines. Le calcul, réalisé en vitesse, la laisse songeuse. Ça ne fait que six semaines qu'elle connaît Vasko. Le jour de la rentrée scolaire, elle s'était retrouvée à côté de lui, au fond de la classe. Elle avait senti qu'il la dévisageait. Avant, elle aurait rougi, se serait faite toute petite, se serait arrangée pour changer de place. Ce matin-là, elle avait simplement tourné la tête vers le garçon et lui avait souri.

Elle n'imaginait pas, à ce moment-là, qu'ils se rapprocheraient au point qu'il lui demande de l'accompagner au Monténégro pour aller récupérer des affaires dans la maison de son père, décédé quelques mois plus tôt. Et maintenant qu'ils y sont, elle ne sait toujours pas si Vasko voulait juste du soutien pour l'aider à affronter cette situation pénible, ou son soutien à *elle*, en particulier.

Elle dépose sa vidéo dans le logiciel de montage. Elle essaie d'abord de blanchir l'image, puis d'accentuer les contrastes, mais finalement c'est le filtre «Lo-Fi» qui met le mieux en valeur la lumière du matin rasant les montagnes crénelées. Elle branche ses écouteurs et se met à la recherche d'une musique pour remplacer le léger bruit de vent dans le micro. Un vieux truc sans parole, du genre C2C? Nora parcourt sa bibliothèque sonore, clique sur des chansons au hasard, la tête ailleurs. Elle se demande tout à coup si c'était maladroit de sa part de proposer à Virgile de se joindre à eux, mais ç'aurait été inconcevable de le laisser en rade alors qu'ils se connaissent depuis toujours, Virgile et elle. Même si, après les premières années d'école, leur relation s'est établie à distance. Dans sa chambre – chez sa mère, à Villeneuve –, Nora garde toutes les cartes postales qu'il lui a envoyées au fil des années. Vancouver, Pretoria, Sulawesi, San Francisco. Les Kiribati durant le voyage en voilier. La série de Chine. Quand il revenait en Suisse, pour un hiver de ski ou quelques semaines d'automne entre deux tours du monde, il l'emmenait faire de la grimpe avec ses parents, Mike et Lola – les parents les plus géniaux du monde quand tu as quinze ans. Cette famille console un peu Nora de l'échec de ses propres parents.

Elle retourne à son montage vidéo, choisit une musique italienne de sa mère, fait un nouvel essai. Des doigts s'enfoncent dans ses côtes, elle sursaute, se cogne le genou au pied de la table, grimace. « T'es con, tu m'as fait peur. » En caleçon, les cheveux aplatis, Vasko a des traces de sommeil au coin des yeux. Il rigole, se cambre dans une petite quinte de toux. Nora a enlevé ses écouteurs mais lui tourne le dos. Comme il reste debout à côté d'elle, elle perçoit la chaleur qu'il diffuse. Il se penche sur l'écran. « Tu fais quoi ? » La chaleur est tangible, troublante. Cette fois Nora se retourne, lui répond en souriant. « Une vidéo pour ma chaîne. Il y a du café si tu veux. » Vasko semble amusé, s'éloigne vers le frigo. Pendant qu'il attrape la bouteille de jus d'orange – un grand bidon en plastique qu'il tient par la poignée –, Nora ouvre Facebook. Sur son fil d'actualités, l'image d'un avion contre un ciel bleu azur attire son attention. Elle clique sur le lien, lit. « Nombreuses annulations de vol suite à l'éruption d'un volcan napolitain. » Vasko s'assied à côté d'elle, pose son bras sur le dossier de la chaise, Nora fixe l'écran. Il demande : « Qu'est-ce qui se passe ? » Elle répond sans quitter l'article des yeux. « Je ne sais pas encore, je lis. » Elle fait défiler les images et prononce les intertitres à haute voix. « Le trafic aérien sérieusement perturbé », « Une zone géologique à risque », « Des antécédents célèbres ». En bas de la page, un encart présente une image satellite de la région de Naples – la baie, la mer, la ville, différentes montagnes signalées par des icônes triangulaires. Vasko se penche un peu plus sur son épaule. Il sent le jus d'orange. Nora dézoome jusqu'à faire apparaître l'Italie entière, la mer Adriatique et, de l'autre côté, la ville de Kotor dans sa petite baie bleue. « Hé, c'est là qu'on est ! » Vasko se renfrogne. « Ouais, il paraît. » Il avale une grosse gorgée de jus d'orange, pose le bidon près de l'évier. « Je vais me doucher. »

Nora a refermé ses mains autour de la tasse de café. Vasko est toujours dans la petite cuisine blanche, il se tient debout devant la fenêtre et la lumière maintenant éclatante joue avec le tissu de son caleçon, légèrement bouffant sur ses hanches. Et légèrement usé sur les fesses. Nora sourit. Elle songe à Virgile encore endormi. L'écrasement dans la poitrine qu'elle a ressenti en voyant les deux garçons dans le lit la reprend en ce moment. Le sentiment d'un

privilège, d'une possibilité, une envie compli-
quée à formuler. Mais aussi une angoisse, très
sourde. Et si les garçons se suffisaient? Si elle
se retrouvait à devoir jouer le même rôle, sans
arrêt? Sans elle, ils ne seraient pas là. Nora
s'approche de Vasko. Elle aime être aux alen-
tours immédiats de son corps. Elle se hisse sur
la pointe des pieds pour se mettre à la hauteur
de l'épaule nue du garçon. Il s'en rend compte
et pouffe. « Tu fais quoi, là, Mini-Nora? » Rien.
Et toi, tu penses à quoi?

Il ne répond pas, elle imagine. À son père, à
son enfance. À son oncle Aden – le frère de son
père –, qu'il retrouvera demain. À l'héritage
qu'il recevra, à cette maison de Podgorica
qui lui appartient théoriquement, et dont il
n'a qu'un souvenir limité. « C'est comme si
cet endroit était figé dans le temps. » Il avait
dit cela à Nora, un jour, pendant le cours
d'allemand. Nora s'en souvient, parce que
sa maison à elle n'était pas du tout figée à
ce moment-là, parce qu'elle devait vider sa
chambre pour se créer une demi-chambre
chez chacun de ses parents. Elle n'avait pas
osé dire que toutes les maisons changeaient,
elle attendait que Vasko se confie, comme elle
attend maintenant, à Kotor, avec lui devant la
fenêtre.

« Tu crois que le vol de Lola sera retardé? »
Nora ne comprend pas. Vasko a l'air soucieux.
« Tu sais, le truc du volcan, là, sur Facebook.

Tu crois que la mère de Virgile aura des ennuis pour venir nous chercher?» Nora avale une gorgée de café. «Elle est censée arriver dans trois jours, non? Ça laisse bien le temps de se calmer.»

Et en trois jours, il peut encore se passer plein de choses, pense Nora en appuyant sa tête, mi caresse, mi coup de boule, contre l'épaule de Vasko. Qui ne réagit pas, laisse son regard flotter sur les rues étroites de Kotor traversées par les rayons d'octobre. Nora n'aime pas ce silence, elle n'en a pas encore l'habitude avec lui. Mais maintenant qu'elle a fait ce geste, elle n'ose plus bouger. Heureusement ça ne dure pas, Vasko lui passe une main dans les cheveux. «Tu te souviens du volcan islandais, quand on était petits?» Nora en profite pour se décoller. «Euh, non.» Il se tourne vers elle avec un sourire provocateur. «C'est vrai que t'es vraiment toute petite. T'es mini, et en plus t'es petite.» Nora fait mine de lui donner un coup, «Hé», attrape son bras, ils se débattent sans trop se toucher, elle finit par le pincer près du coude, «Aïe», il fait un pas de côté, hilare. Nora prend sa moue la plus gamine. Une ombre passe et Vasko retrouve son air grave, reporte son regard vers l'extérieur. «C'était la dernière fois que je suis venu ici, en fait. Pour Pâques. Il y avait eu une éruption de volcan en Islande et ça avait perturbé tous les vols. On était censés rentrer en

Suisse avec mon père, mais on avait dû rester plus longtemps. Je me rappelle ça parce que j'avais raté presque une semaine d'école. Mon père disait qu'on aurait mieux fait de rester ici de toute façon. Je pensais pas que deux mois plus tard, il ferait exactement ça. Qu'il nous laisserait en Suisse avec ma mère et qu'il rentrerait seul.» Nora ne dit rien, hésite. «Tu sais, mes parents aussi sont divorcés.» Puis, pour détendre l'atmosphère. «On n'a pas tous la chance de Virgile.»

Il se retourne, mais maintenant c'est elle qui regarde par la fenêtre et croise les bras. «Ma mère est tellement flippée. Elle ne m'aurait jamais laissé venir ici si Mike n'avait pas proposé de nous accompagner. Et j'ai abandonné l'idée de prendre l'avion avant mes 18 ans. Mais le jour où je peux...» Vasko l'interrompt. «T'as jamais pris l'avion?» Elle ne dit rien. Il est tiraillé entre la sensation qu'il ne doit pas insister et l'idée de se venger de ce pincement, de prendre la petite Nora qui a l'air tout à coup bien sérieuse, et de la porter sur son dos comme un sac de patates pour la faire crier. Nora sort son téléphone de sa poche, regarde l'heure, coupe court. «Bon, on peut faire ce qu'on veut pendant trois jours, on va pas rester dans cette cuisine à regarder dehors, si? On va voir si Virgile est mort?»

Ils espéraient une journée sans smog pour rapporter de leurs vacances le plus beau panorama de la baie. Ceux qui sont montés sur le Vésuve le matin même ont sans conteste eu la meilleure vue: le nouveau cône qui s'élève sur l'horizon, la colonne de fumée qui grandit comme la méduse vénéneuse d'une bombe atomique. On leur a annoncé qu'il fallait quitter rapidement les lieux, ils se sont attardés. Ils ne pouvaient pas s'arrêter de filmer, grisés par la certitude de vivre un événement majeur. Ceux qui, vers 11 heures, ont rejoint l'aéroport de Naples-Capodichino s'imaginaient déjà admirer la scène depuis le ciel. Ils ne se doutaient pas qu'ils se trouvaient si près de l'épicentre. Ils ont longuement cherché l'information avant de comprendre que les avions ne décolleraient plus. Depuis le tarmac, leurs valises cognant contre les fractures du bitume, leurs masques et tubas dépassant des sacs, ils ont contemplé le cône vomir ses déjections. Dans la matinée, les roches projetées dans des couches d'air glaciales ont subi une série de chutes de pression et de dégazages qui les a allégées. Des bulles se sont formées, criblant la roche de trous, la rendant poreuse. À 11 heures du matin, il pleut des pierres ponces sur Naples.

6

Roissy

Alix actionne la fermeture magnétique de la porte des wc. Elle déroule une dizaine de coupons de papier toilette, les imprègne deux fois à l'aide du désinfectant en spray fixé contre le mur, essuie la lunette dorée, lâche le papier humide au fond de la cuvette, baisse son jeans et sa culotte, s'assoit. Précautionneusement, elle laisse s'échapper quelques gouttes pour voir – lorsque le besoin de pisser est trop fort, se soulager d'un coup lui provoque des brûlures. Elle compte jusqu'à dix dans sa tête, puis se lâche et savoure. Elle attrape son téléphone, le fait pivoter pour le positionner correctement au creux de sa paume. Les pieds tendus sur leur pointe comme une ballerine, elle parcourt les dernières nouvelles du monde. Seulement trente minutes après l'incendie le plus ridicule de l'histoire de l'aéronautique, l'affaire de l'Hyper Concordia occupe déjà les gros titres, alimentée par des vidéos amateurs – il y en a même une sur laquelle on la distingue, Alix, étrangement pâle et beaucoup moins compressée par la foule qu'elle ne le croyait, regardant avec les autres la scène surréaliste se dérouler de l'autre côté de la vitre. La personne qui a réalisé cette vidéo commente en direct, alternant les *«Oh my god»* et les affirmations complotistes à l'égard du gouvernement. Elle a déjà été vue soixante mille fois.

L'intérieur des cuisses d'Alix picote agréablement. Posant son téléphone sur le support du rouleau de papier hygiénique, elle lève les yeux vers les néons bleutés du plafond et retire avec trois doigts sa coupe menstruelle, qu'elle vide dans la cuvette et replace rapidement avec un léger bruit de ventouse. Tant pis pour le rinçage. Elle se rassoit en attendant que le petit objet de silicone retrouve sa place dans son anatomie, s'essuie les doigts, reprend son téléphone en main mais ne fait que parcourir les applications sans en ouvrir une seule.

Un groupe de filles entre dans les toilettes, apparemment outrées par le «déclassement en Business class» dont elles sont victimes, insultant copieusement Oceanic Airways «qui n'offre même pas la nuit d'hôtel». L'une des filles s'installe dans la cabine d'à côté et se soulage immédiatement dans un grand bruit de boyaux tout en continuant à parler aux autres, plus fort pour couvrir les bruits d'air et de matières projetés contre la céramique. C'est le moment qu'Alix choisit pour remettre son casque audio sur les oreilles – la voix délicieusement retro de Johnny Depp sur la B.O. d'*Arizona Dream* opère comme une bouffée d'air frais –, se rhabiller, remettre son sac sur le dos, tirer la chasse d'eau, sortir de la cabine, passer ses mains sous le jet automatique du robinet sans les essuyer, ouvrir la porte des toilettes avec le coude et sortir en évitant soigneusement le regard des autres filles. Dans le reflet du miroir, en se retournant avant la fermeture de la porte, elle croit reconnaître la jeune femme voilée de l'avion.

Dans le secteur X, la tension est montée d'un cran. Les trois guichets d'Oceanic Airways, pris d'assaut, ne délivrent aucune information, pas plus que les écrans de contrôle qui indiquent toujours, à quelques dizaines de minutes de l'embarquement théorique, le décollage *«on time»* de l'Hyper Concordia. Diffusés par haut-parleurs, des messages contradictoires avertissent les passagers d'éventuels retards, voire d'annulations de vols «pour des raisons techniques indépendantes de notre volonté». Tout le monde, ici, a vu de ses propres yeux l'incendie pitoyable de l'avion de ligne le plus rapide du monde, et le personnel de la compagnie, en mal de consignes cohérentes, tente comme il le peut de rassurer les passagers. Casque sur les oreilles, mais musique éteinte, Alix hésite à prendre place dans l'une des files d'attente. Cette agitation la laisse perplexe. Le tableau général des correspondances indique plusieurs liaisons pour New York dans la journée, mais Alix se doute bien que le statut spécial qui la lie à Oceanic ne lui permettra pas, comme aux passagers standard, d'être replacée gratuitement sur les vols d'autres compagnies. En dehors de l'Hyper Concordia, dont la ligne est à présent suivie de la mention «retard indéterminé», une partie des autres départs – Sydney, Le Caire, Athènes, Johannesburg – sont simplement annulés et clignotent en lettres rouges.

D'un pas rapide, Alix rejoint le tapis roulant, passe le contrôle douanier de sortie et se dirige vers le hall principal du terminal. Des groupes de plus en plus importants se pressent sous les panneaux d'affichage et contre les guichets des compagnies. Une dame, près d'elle, parle d'attentats avec sa voisine, un homme court en hurlant le nom de Damien, de nombreuses personnes se sont assises par terre, les yeux rivés sur un téléphone ou un écran télé qui passe les mêmes images en boucle. Alix repère le bureau d'information principal d'Oceanic. L'employée, en train de fermer l'accès au moyen d'un store en métal, explique à un petit groupe que s'ils possèdent une carte d'embarquement pour l'Hyper Concordia, une place leur sera de toute façon réservée sur un autre vol et qu'ils doivent s'adresser par mail ou par Twitter au service clientèle s'ils ont des réclamations. L'employée ajoute que le problème est «manifestement plus général» mais qu'elle ne dispose «pas de plus d'informations qu'eux», et qu'il faut s'attendre à d'autres annulations, «selon toute vraisemblance». Un jeune homme demande comment récupérer sa valise en transit. Sans répondre, la dame distribue en hâte quelques bons d'achat verts et jaunes puis verrouille le store, s'excuse encore au nom de la compagnie et prend à petits pas pressés la direction du secteur X, entraînant dans son sillage un groupe de passagers nerveux. Alix reste plantée devant le store, incapable de bouger. Sa valise aussi est en transit. Elle se baisse, attrape un coupon resté sur le sol. Sandwich gratuit chez Subway. Elle a de nouveau besoin de pisser.

D'ordinaire, les horaires des compagnies d'aviation la font rêver. Pour elle qui n'est jamais sortie d'Europe, mais qui a tissé sur ce continent un véritable réseau de courbes aériennes – 39 villes visitées au moins deux fois, dont 21 rien qu'avec Florence –, certaines destinations continuent d'exercer une fascination quasi mystique. Jakarta. Oulan-Bator. Freetown. Antananarivo. Tegucigalpa. Plusieurs avions pour Genève sont annoncés «à l'heure» sur le tableau des départs, et Alix se surprend à s'imaginer à bord de l'un d'eux, un verre de Perrier-tranche à la main, observant par le hublot la lumière basse qui transperce les nuages et laisse voir, comme derrière un rideau de douche translucide, les lignes d'un territoire survolé tant de fois – roux des champs, damiers étincelants des serres, villes miniatures, filets de végétation le long des cours d'eau et des routes – avant le virage et la brusque descente sur Genève. Rentrer en Suisse serait si simple. Considérer cette foutue pagaille comme un avertissement, un signe du destin – ce voyage n'était pas une bonne idée. À Genève, elle ne préviendrait personne de son départ manqué, se pointerait à l'arrivée de tous les vols en provenance du Groenland – passent-ils par Copenhague ou Reykjavik? –, attendrait que Florence débarque sur le marbre de l'aéroport, aurait préparé un petit panneau de carton sur lequel elle aurait marqué «Pardon». Ou mieux: elle prendrait le premier train pour Lausanne, guetterait sur les réseaux sociaux le retour de son ex, l'attendrait à la Couronne d'Or le lundi suivant, la surprendrait, l'inviterait de force à sa table pour qu'elle lui raconte l'Arctique. Proposerait un film au Bellevaux ou le dernier épisode de *This Is Us* sous la couette avec toutes les choses dont Florence aurait été privée depuis des mois – une végétarienne au pays du phoque faisandé, ça la fait rire toute seule devant le store fermé du guichet d'Oceanic. Qu'en a-t-elle à faire de New York, de l'incendie de Minneapolis, de son enfance, du petit cimetière du New Jersey dans lequel reposent, dans une même urne, les cendres mélangées de ses deux parents ? Qu'en a-t-elle à faire de ces histoires qu'elle n'a pas choisies, qui lui semblent avoir été inventées avec maladresse comme on meuble un silence ?

Un besoin de voir le ciel, de sentir le vent sur sa peau. Alix franchit les portes automatiques de l'aéroport. Après l'ambiance climatisée du hall, la vraie température de ce mois d'octobre la frappe de plein fouet. Il est presque midi et tous les lointains vibrent et fondent au contact de la ligne d'horizon – camions qui sifflent sur l'autoroute, cars alignés sur un parking, gens collés à leur téléphone. Les emplacements réservés aux taxis sont pris d'assaut, dès qu'une voiture se gare à l'intérieur des lignes jaunes, vingt personnes se jettent dessus. Une marée humaine ininterrompue se déverse de l'aéroport et s'agglutine sur les escaliers, se met à parcourir les environs à pied à la recherche d'un Uber, d'un Vélib', de n'importe quel moyen de transport.

Alix contourne la zone, remonte une file de voitures roulant au pas, passe au milieu d'un groupe d'employés qui fument nerveusement, adossés à une porte de service, et parvient au grillage derrière lequel s'étendent, à perte de vue, les pistes d'atterrissage.

Elle ne l'a pas anticipé mais Alix, les mains accrochées au grillage, se trouve à présent juste au-dessous de la zone d'attente du secteur X, à quelques dizaines de mètres de la grande vitre contre laquelle elle a passé la matinée. Voir cet endroit depuis l'extérieur lui donne la désagréable impression de faire du surplace. La zone semble toujours saturée de monde. Elle croit reconnaître certains visages, tournés vers des employés ou vers les écrans. Sur le tarmac, l'Hyper Concordia a disparu, ne restent que les camions de pompiers et quelques silhouettes jaunes qui s'activent sur le bitume détrempé. Des dizaines d'autres d'avions attendent le long des hangars ou carrément au milieu de la piste, comme de gros insectes immobiles surpris par la chaleur. Son besoin de pisser n'a pas disparu, et la faim s'y met.

Renonçant à retourner dans l'aéroport, Alix se dirige vers le complexe hôtelier qui borde directement la piste et les bâtiments du terminal. Les rues, étroites, sont étonnamment vides. Pas une voiture, pas un taxi. Au-dessus d'elle, un avion en phase d'atterrissage jette son ombre assourdissante sur les façades. Alix lève les yeux et attrape son téléphone pour prendre une photo. Les trois trains d'atterrissage, tout juste sortis du ventre de la bête, sont en effet minuscules. L'ombre de l'avion disparaît aussi rapidement qu'elle est apparue et la rue redevient silencieuse. De l'autre côté du pâté d'hôtels se trouve la route nationale. Alix comprend que le drôle de silence qui règne s'explique en grande partie par l'embouteillage qui s'est formé dans les deux sens. Le trafic est à l'arrêt. De nombreuses personnes, debout à côté de leur véhicule, scrutent l'horizon ou discutent entre elles. Un panneau vert métallisé renvoie le reflet du soleil. Paris, 30 kilomètres.

Alix sort son téléphone, déroule la liste de ses contacts, s'arrête sur «Norbert», porte l'appareil à son oreille. Une messagerie automatique se met en route. Elle raccroche juste avant le bip sonore, ouvre Google Maps, entre l'adresse de son ami et examine l'itinéraire proposé. Il y a trois routes différentes. En moyenne, cela prend 5 h 50 pour rejoindre le 14e. La Dent de Jaman aller et retour, rien de plus, et sans le dénivelé. Alix retire son pull, l'attache autour de sa taille, enjambe la glissière de sécurité et entreprend de longer, sur l'étroite bande d'herbe cramée, la file de voitures en direction de la capitale.

7

Clim Camp

La lumière hésite. Du côté des montagnes, le ciel se teinte très lentement de rose. Quelques étoiles sont épinglées entre les cimes. Encore une heure avant le lever du jour. Debout dans son sac de couchage, Céleste se demande comment elle va faire, sans ces petits matins arctiques. Les premiers temps sur l'île, en plein cœur de l'été, elle pensait qu'elle ne tiendrait jamais – ces soirées de moustiques, ces immenses nuits lumineuses, cette nourriture réduite à une routine monotone et insipide. Depuis le mois dernier, le froid a débarrassé l'atmosphère de tous les insectes, la lumière s'est faite plus rare mais aussi plus soyeuse, laquée – addictive. Laakki dort encore quand Céleste, grelottante, retourne à l'intérieur de la tente. Elle se dandine pour s'extraire du sac de couchage. À Barcelone, ce soir – ce soir! –, elle retrouvera les délices de son gros matelas, la chaleur de sa chambre, le confort prodigieux de sa petite coloc. Mais demain, ou bientôt, les réveils groenlandais lui manqueront. Elle passe une seconde paire de chaussettes par-dessus la première, ajuste son collant, enfile son pantalon thermique, son gros pull, ses chaussures, glisse ses doigts gercés dans des gants, s'arrête un instant pour contempler le visage de Laakki – joues de porcelaine, mèches noires devant les yeux – et ressort, sa veste et un thermos à la main.

Dans l'obscurité qui pâlit, il lui semble que la neige a gagné du terrain depuis la veille. La crête des montagnes scintille à peine. De l'autre côté, en direction de la baie – invisible depuis le camp –, il fait encore nuit noire. Céleste ajuste sa veste, resserre son écharpe. Elle s'éloigne de la tente en faisant craquer la neige durcie. À Barcelone, elle retrouvera aussi Max, tout juste rentré d'Argentine. Elle ne sait toujours pas où ils en sont ni sur quel pied danser – trop tôt pour y penser, la glace sous la semelle, les joues qui piquent, les yeux qui décryptent la pénombre, l'odeur du froid et la lumière qui gonfle doucement: inspire, rassemble-toi. Expire.

Céleste avance dans la neige et son corps entre dans le rythme. C'est la chose à laquelle elle s'est faite le plus rapidement – la texture du sol, la façon de traverser ce territoire crevassé, râpeux et éblouissant. Céleste marche, respire et sourit en repensant à la nuit dernière, sa longue conversation avec Laakki, et ce qui s'en est suivi.

Dès leur première rencontre, en août à Ilulissat, quelque chose s'est passé entre elles. Céleste venait d'arriver et brûlait d'interroger Laakki, la seule participante groenlandaise du programme, sur tous les aspects de sa vie dans ce pays. C'était quoi, naître ici? Et Laakki avait répliqué, dans ce pays de fous, tu veux dire? Elle lui avait raconté que les jeunes, ici, avaient le choix entre porter des pantalons en peau d'ours pour faire des trous dans la banquise avec leurs parents, se lancer dans le tourisme ou travailler pour les compagnies pétrolières qui colonisaient la côte. La plupart cherchaient à aller voir ailleurs, au Danemark, aux États-Unis. Elle, au contraire, voulait en savoir plus – je veux dire c'est quand même dingue, j'ai vingt-trois ans et je ne connais rien en-dehors de Nuuk, une capitale de 17 000 habitants. À Nuuk tout le monde a un smartphone, tout le monde regarde en direct la vie de Kim Kardashian, mais personne, en réalité, ne connaît rien d'autre que Nuuk. Parce qu'on ne part pas si facilement – tu sais ce que ça veut dire?

Céleste savait parfaitement, même si elle, son bled – le village catalan de son enfance –, elle l'avait déserté dès que possible, à quinze ans. Pour qu'on arrête de l'appeler Juan, qu'on respecte qui elle était. Pour pouvoir

exister librement ailleurs. Ailleurs, ça avait d'abord été Madrid, deux ans de fêtes, de découvertes et d'excès, puis Barcelone, où elle avait rencontré Maximilian, puis Copenhague, le temps de deux semestres décisifs. C'est là-bas que le Groenland était devenu une idée fixe. Il y avait eu ce séminaire, dans le module «Thématiques autochtones», consacré à la notion du troisième sexe chez les Inuits. L'intitulé l'avait intriguée et le contenu ne l'avait pas déçue. Plusieurs heures par semaine, elle découvrait qu'Adam et Ève, chez les Inuits, étaient en réalité deux hommes, dont le second tombe enceint du premier et doit changer de sexe pour pouvoir accoucher. Elle apprenait que naître par le siège, dans certaines contrées, pouvait faire de vous un être lié aux forces cosmiques. Elle était devenue familière de Taqqiq, l'homme-féminin, de Kannaaluk, la femme-masculine, et de Naarjuk, l'enfant qui contient et exprime le mouvement de l'univers. Et même si ces théories étaient contestées, si Jarich Oosten critiquait Bernard Saladin d'Anglure – le nom de ces types la faisait toujours rire –, quelque chose dans tout cela lui avait donné envie d'aller voir pour de vrai. C'est aussi à cette époque qu'elle avait rencontré Éole et commencé son traitement hormonal.

En s'intéressant au Groenland, elle ne pensait encore qu'au territoire, aux coutumes en voie de disparition, à toutes ces langues inconnues. Elle n'imaginait pas Laakki, ni que cela deviendrait compliqué parce que Laakki lui plairait beaucoup, et qu'il faudrait l'expliquer à Éole – qu'elle a peut-être blessé, ces derniers jours –, sans parler de Max, qui n'est pas obligé de tout savoir. Elle sourit de cette multitude de noms qui la traversent, de ces histoires possibles, de ce qui est arrivé, n'est pas arrivé. Arrivera peut-être.

Inspire, rassemble-toi. Expire.

Depuis la butte sur laquelle elle est montée, Céleste se retourne pour considérer le campement dans son ensemble : huit tentes dômes, petits igloos jaunes arrimés à la glace, formant une double allée au pied de la plateforme sur pilotis où sont juchées les tentes permanentes T1 et T2. L'essentiel de sa vie, ces dernières semaines, s'est passé à l'intérieur de ces deux grands tunnels de type Weatherport – toile rouge étanche et isolante tendue sur une structure métallique. Le reste de la plateforme est encombré de matériel de fouille, outils, câbles, instruments, caissons empilés sur des palettes, coffres, batteries, skis et bâtons, traîneaux, luges, réchauds. Sous une bâche un peu à l'écart se trouve la motoneige, un vieux modèle Ski Doo qui fait beaucoup de bruit et de fumée mais fonctionne encore, contrairement aux deux autres qui n'ont pas survécu à la mission et qu'il faudra remplacer pour la prochaine équipe, à la fin de l'hiver arctique. Et puis tout autour, mises en évidence par la luminosité grandissante, leurs traces sur la glace – il n'a donc pas neigé cette nuit –, le relief façonné par leurs allers-retours, l'activité de ces derniers jours matérialisée par les creux et les bosses de ces sentiers de piétinement. Des ombres blanches sur la neige, à vrai dire presque rien.

L'avion vient les chercher dans quelques heures, le retour sera forcément brutal, Céleste veut que son corps le comprenne. Elle ferme les yeux et laisse ses doigts s'engourdir, ses narines sont douloureuses, collent, mais elle inspire pleinement, elle se rassemble, elle expire et rouvre les paupières pour regarder son souffle se condenser en un bref nuage rose.

8

Kotor

Vasko entre en premier, à petits pas empruntés, demande une table pour trois. Le serveur leur propose la terrasse, à l'arrière, Vasko hausse les épaules en consultant les deux autres. Pour quelqu'un d'aussi grand et d'aussi « bien charpenté » – c'est Virgile qui a lâché l'expression quand ils sont venus le réveiller ce matin –, Vasko a quand même le sourire le moins assuré de la terre. Nora se dit qu'avec son gabarit, elle n'aurait peur de personne. La terrasse manque de charme, plaque de béton sur laquelle sont posées de longues tables en métal, un réfrigérateur couvert de publicités pour du Pepsi sans caféine, une table haute, une benne à ordures camouflée contre un arbre. Ça sent les plantes aromatiques et, en fonction des déplacements d'air, légèrement, la crotte de chat.

Le serveur apporte le menu, trois feuilles A4 plastifiées, bilingues monténégrin-anglais. Vasko examine la carte avec une gravité qui fait sourire Nora et Virgile, assis côte à côte en face de lui. *Sendvič*, *fresh steak*, chez Tanjga on propose des plats d'un kilo de viande, c'est pour ça qu'ils sont venus. Virgile fouille dans ses poches. «Qui a pris mes clopes?» Nora lui tend le paquet sans s'excuser, il allume deux Parisienne d'un seul coup et en passe une à Nora, fait un signe du menton à Vasko. «Toujours pas?» Il n'a même pas levé les yeux de la carte, on dirait qu'il essaie de mémoriser un document de la plus haute importance et Nora se demande ce que ce sera quand il devra lire le testament de son père. Elle passe son doigt sur les lignes des carreaux rouges et blancs de la nappe en plastique. «Alors, qu'est-ce que tu conseilles?» Le regard de Virgile circule de l'un à l'autre, amusé comme s'il voyait des choses que les autres ne voyaient pas, la tête appuyée sur sa main, la clope au coin des lèvres – Virgile, son aisance presque arrogante, capable de fumer sans les mains tout en conservant une forme d'élégance. Nora laisse sa cigarette se consumer sous la table sans y toucher. Vasko commande finalement un gigantesque plat de *cevapi – grilled meat –*, avec des frites et de la salade. Virgile dit qu'il se contentera de la salade, il n'a pas vraiment faim. Nora écrase son mégot contre le pied de la table.

C'est au moment d'entrer dans le restaurant qu'ils ont aperçu l'hôtel abandonné, entre la route et le bord de mer. Fjord Hotel. Le bâtiment avait l'air luxueux et pourtant ils se sont rapidement rendu compte que quelque chose clochait. L'herbe poussait entre les marches de l'escalier et autour des colonnes du perron, les fenêtres manquaient ou étaient brisées. Virgile a esquissé un mouvement vers l'entrée mais Vasko a protesté «Déconne pas, mec, j'ai la dalle». Nora a proposé qu'ils reviennent plus tard.

Entre la terrasse et la montagne – ils les remarquent à présent – se dressent une dizaine de ces ruines modernes. La plus impressionnante est une structure d'immeuble de cinq ou six étages, noire et couverte de feuilles mortes, un peu en surplomb de la route. Vasko, qui a la montagne dans son dos, se retourne et essaie de se rappeler si c'était déjà comme ça la dernière fois qu'il a mis les pieds ici. «Ils construisent beaucoup. Ils bétonnent même des plages. Puis ils laissent à l'abandon. Je comprends pas.» Virgile le fixe, les yeux plissés. Il cherche son regard, ne le trouve pas. «C'était pas comme ça quand tu étais petit?» Vasko répond qu'il ne sait pas, il avait huit ans, il en a maintenant presque le double, il ne se souvient pas. «C'est flou. Faudrait voir sur les photos. Surtout qu'ici, c'est pour les touristes, j'y suis venu qu'une ou deux fois.

Peut-être que demain, à Podgorica, je me rappellerai mieux.» Le silence qui suit ne plaît pas à Nora, alors elle attrape l'appareil photo de Virgile – un vieil argentique, lourd, noir, avec un objectif manuel. Elle cadre Vasko qui fait non de la tête, dit «Arrête», essaie d'attraper l'appareil d'un geste vif. «Tu sais combien ça coûte, la pellicule?» Nora appuie sur le déclencheur en voulant esquiver la main de Vasko, le coup a dû partir dans le vide du ciel ou peut-être capturer un bout de biceps, qui sait. «Ben bravo», se marre Virgile en laissant faire, maintenant c'est Vasko qui a l'appareil en mains et qui photographie pour de vrai, faisant pivoter les bagues de l'objectif avec habileté, il cadre rapidement, surtout Nora, pour se venger, et puis la silhouette de l'immeuble abandonné, contre un ciel bleu intense, juste derrière Virgile. L'objectif revient sur Nora, qui bombe la poitrine et écrase doucement sa lèvre inférieure entre ses dents, ce qui suscite des photos en rafale et le rire franc – le premier de la journée? – de Vasko. Nora prend un air faussement blasé. «Tu peux y aller, de toute façon, on les voit jamais, les photos de Virgile.» À ce moment-là, la nourriture arrive et les trois corps basculent en même temps vers le centre de la table. La salade part en premier. Virgile, qui est passé aux frites sans broncher, demande s'il y a du ketchup, Nora dit «Le ketchup c'est la mort». Virgile trempe une frite dans la bière de Nora, « T'es con », Virgile hausse les sourcils, dépose la frite sur sa langue et ferme les paupières en gémissant de contentement. Nora, sans le quitter des yeux, attrape une frite qu'elle trempe dans sa bière à lui. L'appareil photo crépite de nouveau puis la pellicule se met à se rembobiner toute seule. Virgile déclare « C'est mon moment préféré », ils trinquent à la Nikšičko, attrapent les *cevapi* avec les doigts. La seconde tournée de bière achève de les rendre hilares.

Sur le chemin du retour en direction de la vieille ville, ils marchent lentement le long du quai. À cet endroit, la mer ressemble à l'extrémité d'un lac, on n'en imagine pas l'immensité, l'ouverture sur l'Adriatique puis la Méditerranée. Il est passé midi et la chaleur s'est installée, elle pèse sur eux, accentuée par ce quai en pierre rose qui réfléchit le soleil. Virgile marche avec vingt mètres d'avance, filmant avec son téléphone. Il se retourne parfois sur Vasko et Nora, les saisit marchant côte à côte comme un couple de célébrités. Ils insultent copieusement le paparazzi, se marrent, s'arrêtent pour poser, se prennent par la taille avec des moues qui font référence à des scènes de téléréalité. Virgile s'approche de plus en plus, les yeux rieurs, comme si le fait de les filmer annulait une distance. « Vous savez que vous allez pas mal ensemble, vous deux?» Nora réplique du tac au tac, «c'est clair», prenant Vasko par la main et fixant Virgile, frondeuse. «Prends aussi une photo avec mon téléphone, please.» Virgile s'exécute. Ils penchent leurs trois têtes sur l'écran, le protègent de la lumière pour apercevoir leur image, zooment avec les doigts sur les visages, éclatent de rire. Vasko sort son téléphone. «Attendez, moi aussi.» Il le tient à bout de bras au-dessus d'eux, Virgile et Nora l'entourent et collent leurs joues aux siennes – sans l'appareil ils ne resteraient jamais comme cela, aussi longtemps, aussi près les uns des autres. Chacun se concentre sur sa propre image et fige son sourire. Le flash les surprend les yeux mi-clos.

«Cette photo est mythique. Regarde, Vasko, on dirait que tu es super gros!» L'appartement est calme, de la musique électronique passe à faible volume sur l'enceinte rose bonbon posée sur le rebord de la fenêtre. Chacun est derrière un écran. Nora demande à Vasko de lui envoyer le selfie. «Au fait, on n'a même pas de groupe juste pour nous trois.» Virgile dit qu'ils en ont pas besoin, ils sont déjà ensemble toute la journée, et que techniquement c'est un *usie* plutôt qu'un selfie. Nora lui dit «Abuse pas, mec», Vasko demande «Un quoi?» Virgile lève les yeux de son téléphone. «Oui, ils disent ça au Canada. Un *usie*, parce que c'est *us*, nous, on est trois quoi. Sinon ça voudrait dire qu'on est une seule et même personne.» Vasko fait une moue admirative. «C'était bien, là-bas?» Virgile hoche la tête. Nora constate que sa vidéo postée ce matin comptabilise déjà 14 vues – un bon départ. Sa mère, heureusement, n'a pas commenté. En revanche elle lui a envoyé un long mail, si long que Nora doit glisser cinq fois son pouce vers le haut de son écran pour en atteindre la fin. Elle ne le lit pas, soupire, propose d'aller se baigner puisqu'il fait trop chaud.

Le volcan est un nouveau-né – une demi-journée à peine – mais sa silhouette, qui croît d'heure en heure, surplombe désormais le paysage napolitain. Il mesure une centaine de mètres, s'élève par accumulation latérale de ses propres déjections, scories, lapilli, téphras plus ou moins chargés de silice. La Pianura n'a plus rien d'une plaine, le colosse en a pris possession, soulevant sans égards la croûte terrestre comme on détacherait négligemment les pièces d'un puzzle achevé pour les remettre dans la boîte. À 13 heures, les premières cendres tout juste refroidies se déposent sur les voitures et les terrasses du centro storico. *Un premier périmètre de sécurité est établi, qui condamne l'autoroute et l'université Federico II, et le barrage de policiers – masques blancs sur des airs graves, chemises trempées par la sueur – assume la difficile tâche d'élargir la zone tout en s'assurant que les habitations sont évacuées. Les pompiers considèrent les décombres sans savoir par où commencer, les militaires ont été appelés à la rescousse, l'éruption s'intensifie et personne ne sait jusqu'à quand elle durera. Vers le nord, on ne peut fuir qu'en longeant étroitement la côte, par voie ferroviaire ou par la route – c'est ironique – dite «des Champs Phlégréens». Vers le sud, il faut prendre la direction des ruines de Pompéi ou de Paestum, et ignorer l'étourdissement que provoque cette répétition de l'histoire.*

9

Clim Camp

— J'hallucine, ils se foutent de ma gueule.

Luca entrouvre les paupières. Une jambe frôle la tente, la démarche est furieuse et la voix d'Éric résonne de nouveau.

— Ces petits cons se foutent de ma putain de gueule.

Filtrée par la toile jaune, la lumière est chaude. Luca ne parle pas français, mais le ton de l'instructeur, qu'il entend s'éloigner, est sans équivoque. Il y a de l'eau dans le gaz. Chouette. Luca remue dans son sac de couchage, se tourne sur le côté. Éole ronfle copieusement. Redressé sur un coude, Luca se frotte les yeux sous son bonnet. D'autres pas s'approchent de la tente, deux silhouettes en assombrissent les pans, la fermeture éclair glisse et le visage de Duncan, rougeaud et amusé, apparaît dans l'ouverture. Par-dessus son épaule, Daria sourit elle aussi. Debout, mes petits rayons de soleil. C'est le début de votre dernière journée au paradis.

Ces quatre-là, c'est un peu le carré d'as de la mission. Ils se connaissent depuis Summit Point, la station principale du programme, posée au centre de la calotte groenlandaise. De la petite troupe de conscrits rassemblés provisoirement à Clim Camp, ce sont eux qui ont passé le plus de temps sur cette île, dans ce pays – à vrai dire on ne sait trop comment qualifier cet endroit, même le mot « endroit » n'est ni assez précis ni assez vague pour rendre compte de ces étendues abstraites, de ce territoire qu'ils ont abondamment vu du ciel et le nez collé à la neige, pas grand-chose entre les deux.

Depuis la mise en place du Service climatique, auquel ont souscrit la majorité des pays d'Europe occidentale, des jeunes de tous horizons sont envoyés, sur la base de leurs compétences et, dans la mesure du possible, de leurs souhaits, en divers coins du globe. À vingt, vingt-cinq ou vingt-huit ans, on se retrouve à nettoyer une plage des Comores ravagée par une marée noire, observer et nourrir des espèces de tortues menacées en Turquie, distribuer de la soupe ou des vêtements au Bangladesh à des populations déplacées par la montée des eaux. Cela fait parfois grincer les dents des pros, des ONG, mais dans l'ensemble, on apprécie cette main-d'œuvre bon marché, la présence

active de celles et ceux qu'on appelle com-
munément – et de façon approximative – les
Green Teens.

Six mois avant cette matinée d'octobre,
au cours d'une même journée de printemps,
mais sans le savoir, Luca, Éole, Duncan et
Daria ont décollé respectivement de Naples,
de Thessalonique, de Manchester et de
Ljubljana, pour rallier, après diverses escales,
Kangerlussuaq et son « aéroport international ». À l'arrivée les attendait une équipe
de scientifiques réunis pour un projet de
recherche sur la « variabilité cryosphérique
de l'Arctique en réponse aux changements
climatiques » – tout un programme. L'avion
suivant ne décollant que le lendemain, ils ont
passé leur première nuit à « Kanger », comme
abrègent les habitués. Outre l'aéroport, on
y trouve quelques hôtels – le Renne, l'Ours
polaire –, un bowling et une boîte de nuit qui
passe de la pop danoise des années 1980.
Une rivière laiteuse longe la rue principale
et se jette dans le fjord. La seule épicerie du
coin vend de la viande de bœuf musqué, des
Haribo et des glaçons locaux qui garantissent
une « pureté unique depuis l'ère glaciaire ».
Un panneau indicateur donne Londres à
3 h 35 et le pôle Nord à 3 h 15. Pas de doute,
on y est. Luca, Éole, Duncan et Daria se sont
immédiatement sentis à leur place.

En Grèce, Éole avait suivi un tortueux cursus de biologiste. Inscrit à l'université Aristote de Thessalonique, il avait fréquenté aussi peu de cours que possible, multipliant les stages et les petits boulots en laboratoire, prenant la route tous les week-ends pour rallier la côte et se pencher, en slip de bain ou carrément à poil, sur les petites bêtes marines, les plantes aquatiques, tout l'écosystème du delta de l'Axios. À force de sécher et de rendre de mauvais papiers torchés à la va-vite, il s'était mis quelques professeurs à dos et avait décidé de s'éclipser en postulant pour une bourse Erasmus, obtenue par miracle. Il avait passé sa troisième année à Copenhague. Il avait eu un peu froid dans la capitale danoise, mais les cours de spécialisation – *water resources*, hydrologie intégrée, gestion des écosystèmes – l'avaient convaincu. Il ne se lassait pas d'étudier toutes les phases de l'eau, cette substance unique et simplissime qui relève de la chimie et du vivant. C'est ce qui lui avait valu, plus tard, sa place dans la petite équipe d'élite au Groenland.

Étudiant en hydrologie, c'est un peu ironique pour un type qui s'appelle «vent», lui avait fait remarquer Céleste, rencontrée à Copenhague sur la terrasse marine de la bibliothèque. La jeune fille y habitait déjà depuis quelque temps, l'étudiant Erasmus débarquait, c'est elle qui lui avait servi de guide.

Lors de leurs longues soirées sur le nouveau port ou devant les braseros de Christiania, ils s'étaient liés d'une amitié trouble et puis l'Erasmus d'Éole avait pris fin, coupant court à ce qui aurait pu advenir – alors la tête qu'il a faite quand, à son arrivée à Clim Camp, il y a dix jours, il l'a aperçue, debout sur la glace, se marrant et le montrant du doigt, Céleste.

Duncan a assisté à la scène et, depuis, fait gentiment mousser Éole avec ça. Dis donc, *buddy*, vous n'allez quand même pas vous rater une deuxième fois – et là il cite Shakespeare, «A pris naissance, sous des étoiles contraires, un couple d'amoureux», parce qu'il est comme ça, Duncan, même si les autres lui disent ferme-la, coach. À York où il vit, lorsque les gens lui demandent ce qu'il fait dans la vie, Duncan répond : je bosse dans un magasin d'électronique. Au sens strict, c'est exact – Richer Sounds, sur St. Sampsons Square, en vieille ville. Mais depuis la descente de l'avion, en mai, à Kanger, il ne répond plus que coach, coach sportif. C'est à la fois moins vrai et plus juste. Dans son enfance, il avait eu sa phase Red Devils de Manchester United, il s'était mis à jouer lui aussi, à courir, à dribbler, à sauter sur la pelouse, pied gauche, pied droit, pieds joints, chaussettes montantes, à compter les appuis faciaux et les tours de terrain. La méthode payait, Duncan était doué. Le corps n'avait simplement pas suivi. Une vilaine blessure au genou et c'en était fini de son plan de carrière. Pour les études, il avait raté le coche, et ne s'était de toute façon jamais senti taillé pour ça. Il avait broyé du noir pendant un certain temps avant de rencontrer Amy. Il avait dix-huit ans, elle trois de moins, elle était tombée enceinte presque tout de suite alors qu'elle jurait qu'elle prenait la pilule. Duncan avait assumé. Il avait pris le premier job qui s'était présenté et n'avait jamais démérité. Lorsque son ancien entraîneur lui avait demandé de le seconder, le week-end, Duncan avait répondu qu'il avait une famille, maintenant, qu'il ne pouvait plus passer ses jours de congé sur le terrain. L'entraîneur était revenu à la charge, et Duncan avait cédé petit à petit, d'abord un samedi par mois, puis de plus en plus souvent, jusqu'à dégager de cette activité de coach un petit salaire qui lui avait permis de diminuer son temps de travail chez Richer Sounds. Au moment de sa convocation par le Service climatique européen, il avait mis en avant cette expérience, et il faut croire que cela a séduit les recruteurs, qui l'ont envoyé au Groenland comme « élément stratégique », désamorceur de conflits au sein d'un groupe exposé aux milieux les plus hostiles.

Au début, Luca l'a pris en grippe, le coach. Lui-même s'était vu affecté au Groenland parce que, comme le lui avait fait savoir la responsable de sa région lors de l'entretien final, chaque expédition a besoin d'un toubib. Fraîchement diplômé de médecine, le jeune Napolitain de bonne famille catholique, jamais sorti de sa Campanie natale, ne cachait pas son mépris pour le British un peu prolo. Il avait fallu les interminables heures d'attente et les conditions rudes de Summit pour qu'une complicité se noue entre eux, contre toute attente.

Summit : il serait temps d'en parler. Depuis Kangerlussuaq, le voyage se poursuit à bord d'un LC-130 Hercules, véhicule de transport de l'US Navy, un avion à hélices ultra bruyant, traversé de courants d'air et toujours surchargé – à peine la place pour les passagers au milieu d'une cargaison hétéroclite – mais spécialement conçu pour se poser sur la neige. Il faut au moins ça pour atteindre le point culminant de l'inlandsis groenlandais, 3 216 mètres au-dessus du niveau de la mer, 800 kilomètres au nord du cercle polaire, au beau milieu de l'île, à un demi-millier de bornes du village le plus proche. Les températures, même en été, ne dépassent guère le zéro Celsius – quoiqu'elles s'en approchent de plus en plus souvent. En dépit de ces conditions extrêmes, on ne se laisse pas aller. Le campus international s'étire sur la glace. Il se compose de zones temporaires, démontées à la fin de l'été, et de plusieurs bâtiments permanents : une clinique, des modules de couchettes, la baraque Science & Operations, et la Big House, cœur de la vie normale, pour manger, se laver, faire sa lessive, téléphoner, traîner sur Internet. L'arrivée des quatre *Green Teens* avait fait grimper les effectifs à près de cinquante personnes, des scientifiques pour la plupart, mais aussi quelques journalistes de passage, une écrivaine en résidence, un cuisinier et deux médecins. Luca s'était demandé ce qu'il foutait ici, tout comme Duncan, qui voyait mal ce qu'il restait à coacher dans cette équipe drillée et parfaitement opérationnelle. Éole ne s'était pas laissé intimider et avait mis ses compétences à contribution, mais la seule qui avait été vraiment à l'aise dès le début, c'était Daria.

Rien ne prédestinait cette fille de bûcheron, née en Slovénie au milieu des années 1990, à se spécialiser dans l'étude de la neige. À Piran, petite cité vénitienne sur le golfe de Trieste, les hivers étaient glaciaux – un vent à se foutre à la mer –, mais jamais blancs. Tous les Noëls, Daria rendait visite à sa tante, installée en Suisse allemande depuis l'embrasement de la Yougoslavie. Au moment d'entrer à l'université, le choix de Daria était déjà fait. Reçue à l'École polytechnique de Zurich, elle s'était passionnée pour la paléoclimatologie.

Summit Camp était devenu son unique objectif. Comme Daria est une personne qui sait parfaitement ce qu'elle veut, et se donne les moyens de l'obtenir, elle n'a pas été très surprise que sa candidature soit retenue.

Dès le deuxième jour à Summit, alors qu'Éole, Duncan et Luca déchargeaient des containers de matériel arrivés par avion, Daria avait été affectée aux opérations bien plus prestigieuses de carottage. L'idée est intuitive, le geste limpide. À l'aide d'une énorme perceuse à mèche creuse, on fore la glace verticalement. Le cylindre qu'on en extrait – *ice core* en anglais – s'apparente à un texte écrit par la neige tombée au fil des millénaires, feuilletée en couches successives, où se lit, par l'analyse des bulles d'air et impuretés qui s'y trouvent, l'histoire de la planète et de son climat. Plus on fore profondément, plus on remonte dans le temps. C'est l'une des raisons pour lesquelles Summit Camp se situe si loin de tout. La glace y est plus épaisse qu'ailleurs, le cœur de la Terre moins déformé. Daria connaissait la théorie. Mais c'était autre chose de se trouver sur le terrain, de creuser la glace, parfois à la pelle, de dérouler des rubans gradués pour en mesurer les profondeurs, de se geler les doigts à extraire les échantillons qu'il s'agissait de transporter avec mille précautions, obéissant à des protocoles précis, pour ne rien briser, ne rien contaminer. Elle se sentait bêtement émue en prenant les mesures de ces tubes découpés en tronçons de trois ou quatre mètres où était contenu le palimpseste du climat – traces d'ères glaciaires révolues, fragments d'éruptions tropicales de l'autre côté du globe n'ayant laissé aucun survivant, souvenir de saisons dont personne n'a jamais été témoin, jours de neige, jours de soleil, compressés, enregistrés, archivés dans ces profils de glace. Les carottes – ça lui a fait une journée entière, à Daria, quand Pascaline lui a appris à Clim Camp le nom français et sa signification – étaient ensuite entreposées sous la neige et, abstraction faite de la température, on n'était pas si loin des rouleaux de papyrus de la bibliothèque d'Alexandrie.

C'est dans cet environnement que les quatre jeunes Européens avaient passé l'été, resserrant leurs liens en même temps que les jours déclinaient. Régulièrement, un petit avion les conduisait sur un site particulièrement intéressant, parce que la neige y était mieux préservée qu'ailleurs, ou parce qu'un lac se vidait à une vitesse stupéfiante. Le soir avant leur départ, la poignée de scientifiques suisses de Summit avaient préparé des fondues pour toute l'équipe et avaient porté un toast à ces quatre *Green Teens* pleins d'avenir.

Daria, Éole, Luca et Duncan sont désormais rompus à la vie polaire. Mais ils en ont assez vu et se seraient volontiers passés de cette dernière semaine à Clim Camp – simple point de ralliement sur la route du retour. Le Service climatique est obligatoire, il faut bien placer les gens, mais certains petits rigolos – cet illuminé de Magnus, cette gourdasse de Pascaline, pour ne mentionner que le petit couple – n'ont clairement rien à faire ici, ils exploitent sans scrupule les failles du système pour se la couler douce aux frais de l'Europe.

Allez, debout, dernière journée dans le paradis blanc.

Mais ce matin, malgré les mots doux de Daria, Éole ne daigne pas se lever – la nuit a été courte –, il enfouit même sa tête dans les plis de son sac de couchage et Luca s'extirpe seul de la tente. Les autres dorment encore. À Summit, à cette heure-ci, le petit-déjeuner est déjà avalé depuis longtemps, on est dans la neige jusqu'aux genoux, on bosse. Ici, à Clim Camp, rien ne montre que le départ approche.

À l'intérieur de T1, Éric est assis seul à la longue table, penché sur le téléphone satellite ouvert en deux, une boîte à outils à sa droite, un mode d'emploi détrempé à sa gauche. La quarantaine – dix ou quinze ans de plus qu'eux –, l'instructeur est bâti tout en force, membres robustes, carrés, longs cheveux réunis en un chignon châtain où se faufilent des mèches grisonnantes. Daria lui pose une main sur l'épaule, tout va comme tu veux, boss? L'instructeur scrute le dessin de circuits électroniques, ferraille à l'intérieur du téléphone, pousse une sorte de grognement et balance le tournevis, qui roule et vient cogner contre le thermos de café. Luca se sert une tasse en écoutant fulminer Éric, qui raconte dans un mauvais anglais comment, en arrivant ce matin dans T2, il a trouvé un bordel sans nom, *such a fucking bordel*, allez voir par vous-mêmes. Les trois s'exécutent, en file indienne, ressortent de la première tente pour entrer dans la seconde où s'expose le désastre. En lieu et place des étagères soigneusement ordonnées, des piles de bâches sont renversées, les caissons déplacés. Et cette cuve au fond de laquelle cristallise une eau jaune, garnie de plaques louches et de poils noirs. Sur le sol de la tente, les flaques ont partiellement gelé. Duncan s'esclaffe, ah les branleurs, j'espère qu'Éole s'est bien amusé. Luca hausse les épaules et Daria soupire.

Éric arrive derrière eux et contemple en silence. Puis il se met à rire nerveusement. Ils ont vidé presque toutes les réserves de gaz, endommagé du matériel. Ils ont même trouvé le moyen de foutre en l'air notre dernier téléphone satellite opérationnel! Ils ont essayé d'appeler leurs mamans ou quoi? Et ces abrutis n'ont même pas tenté de camoufler leurs traces. Heureusement qu'on plie le camp aujourd'hui.

10

Kotor

La route nationale sur laquelle ils marchent traverse les deux bras de la Škurda. La plage devrait se trouver juste derrière. Quand Vasko a vérifié l'itinéraire en sortant du restaurant, le Street View montrait la rue noire de voitures et de vacanciers, la photo devait avoir été prise en été. Aujourd'hui, les rues sont presque vides mais la luminosité est si forte que l'air semble bourdonner autour d'eux. Nora en profite pour quitter le trottoir et marcher au milieu de la chaussée, en équilibre sur le marquage, les bras écartés en croix, parallèles au sol. Virgile la rejoint en trottinant, se poste devant elle, poings sur les hanches, et annonce d'une voix grave: «Vacances scolaires au Monténégro, deux adolescents suisses livrés à eux-mêmes retrouvés morts sur la route.» Nora rigole et remonte tranquillement sur le trottoir en prenant la main de Virgile, qu'elle garde dix secondes puis lâche en disant «T'es moite». Sur leur gauche, un abri de bus devant une palissade de tôle blanche marque l'accès à la plage. Ils traversent un grand parking de gravillons clairs et gagnent la grève, faite de petits galets plus foncés et d'une jetée rectangulaire en béton. Des chaises longues en plastique sont couchées sur le côté. Ils en dégagent trois, les approchent le plus possible de l'eau, plantent leurs pieds dans les galets.

Nora étale sa serviette et s'avance dans la mer, se contorsionnant sur les cailloux, attachant ses cheveux avec un chouchou et replaçant son slip de bain sur ses fesses. Vasko suit juste derrière. Il creuse le ventre et contracte les épaules, tout en observant les parties du corps de Nora qui ne sont pas encore immergées. Nora crie, se retourne. «Elle est super froide, non?» Vasko dit «Allez, go», retient son souffle, plonge. Nora fait des bonds à cause des éclaboussures mais plonge à son tour avant que Vasko ne refasse surface. Virgile s'est installé sur la jetée avec son téléphone et une cigarette. Il tourne la tête au bruit des plongeons.

À l'entrée de la baie, un énorme paquebot de croisière vient d'apparaître. Virgile suit son déplacement de façon intermittente, le regard flirtant avec l'écran de son téléphone. Malgré la taille du bateau qui semble pouvoir transporter Kotor elle-même, il se dirige vers eux avec une certaine majesté. Dans l'eau,

Vasko et Nora font des concours. C'est à qui nage le plus vite, ou le plus loin, ou reste le plus longtemps sous l'eau les jambes dressées au-dessus de la surface. Ils sont maintenant à une cinquantaine de mètres de la plage et leurs voix lui parviennent de manière diffuse. Virgile entend le mot «waterpolo» puis distingue Vasko qui mime des gestes, saute hors de l'eau comme pour armer un tir. Virgile se dit que ces épaules-là, ce corps-là, étaient juste à côté de lui, dans le lit, la nuit dernière. Le bateau approche, provoquant des vagues qui viennent mélanger les galets sur la rive dans un bruit clair de perles.

Sur l'écran de Virgile s'affiche une news géolocalisée pour la région où ils se trouvent. Il se demande si Nora et Vasko ont vu. Apparemment, l'éruption napolitaine risque d'avoir des conséquences sur le trafic aérien local. La photo utilisée est une image prétexte, qui représente l'Etna, en Sicile, et non pas la zone volcanique en question. Virgile a visité de nombreux sites volcaniques avec son père et sa mère, mais il n'a jamais vu une éruption comme celle de la photo, faite de filaments de feu s'élançant vers le ciel. Quand ils vivaient au Canada, ils avaient passé quelques jours sur le mont Saint Helens avec ses troncs calcinés par l'éruption de 1980. Les centaines de kilomètres carrés de paysages lunaires l'avaient marqué – la plus grande éruption jamais enregistrée aux États-Unis, lui avait dit son père. La puissance de la nature à l'état brut. Les volcans, il aurait beaucoup à en dire parce que le sujet s'impose en ce moment, mais Virgile pourrait tout aussi bien raconter le surf en Australie, la grimpe et le parapente en Turquie ou dans le Colorado, l'école sur un voilier pendant quatre mois, la Chine à pied seul avec sa mère pendant que son père passait son brevet de pilote. Lorsque ses parents se sont «posés» et qu'il a rejoint le lycée public, l'année passée, Virgile s'est rendu compte qu'il valait mieux ne pas évoquer cette enfance particulière et ces aventures autour du monde. Deux filles différentes, avec qui il couchait, lui avaient laissé entendre qu'il «la ramenait tout le temps». Lui qui avait l'impression de ne raconter qu'une minuscule portion des choses qu'il avait vues! Cette remarque l'a convaincu de se taire là-dessus. Tant qu'à faire, il préfère passer pour un type taciturne ou hautain que susciter cette jalousie bizarre. L'une des seules à connaître ces détails de sa vie, c'est Nora. Il lui fait une confiance totale, elle représente une sorte de stabilité – même si elle se métamorphose à toute vitesse depuis quelque temps.

Virgile se demande si son père est touché par ces perturbations aériennes ou s'il peut voler librement, aux commandes d'un de ces petits avions qu'il a l'habitude de piloter pour le compte du Service climatique européen. Quand Mike est venu le réveiller, il y a deux nuits – c'était avant l'éruption –, Virgile ne s'est pas inquiété. «Un de mes collègues est malade, ils me demandent de le remplacer pour aller chercher une équipe de civilistes en fin de mission au Groenland.» Virgile a hoché la tête, enregistrant les informations sans s'en étonner. Pas de souci. Prendre un avion au pied levé pour le Groenland, c'est le genre de choses que fait son père. «J'ai averti maman, elle viendra vous chercher dans trois jours, ça ne change presque rien pour vous.» Son père lui a collé un bisou sur le front. «Si ça ce trouve, je serai même de retour avant elle.» Virgile s'est rendormi.

Aujourd'hui, il en est là, à imaginer dans quel ciel peut bien se trouver son père, lorsqu'un son grave et interminable se répercute sur les falaises derrière la ville. Le bateau de croisière se trouve désormais juste en face de lui, prêt à amorcer ses dernières manœuvres pour s'amarrer au quai. Sur le pont supérieur, de minuscules silhouettes lancent des saluts avec les bras. Virgile ne répond pas, s'allume une nouvelle cigarette, aperçoit les vagues de plus en plus grandes débouler sur la plage mais ne voit plus ses amis. Il se redresse, marche vers la mer, appelle. «Nora?» L'eau claque contre ses tibias. « Nora ! » La force de sa propre voix le surprend. Deux têtes rieuses émergent des vagues, au loin. Virgile reconnaît la voix de son amie qui crie « Mythique ! ».

11

Clim Camp

Quelqu'un a fini par aller réveiller les fêtards de la nuit précédente. Allez *guys*, on se bouge, on a encore du pain sur la planche, l'avion arrive dans quelques heures, vous vous reposerez sur le continent. La lumière crue du milieu de matinée n'aide pas les visages, qui n'ont plus rien de victorieux. Éole a l'air d'avoir pris dix ans, Florence se masse les tempes, Pascaline est incapable de bouger, pâle et nauséeuse. Magnus s'en sort plutôt bien, il se lève et se frotte de la neige fraîche sur le visage.

Sitôt habillés, ils se retrouvent face à Éric, qui leur passe un savon magistral. Magnus, Pascaline et Florence n'ont jamais vu l'instructeur dans un état pareil, alors qu'ils le connaissent depuis plus longtemps que les autres, ayant passé l'intégralité de leur service sous sa supervision. Avec lui, Laakki et Céleste ont fait le tour des stations météorologiques de la baie de Melville, une vingtaine

d'installations automatiques placées en divers points stratégiques, zones sans vie humaine auxquelles on accède en motoneige ou par hélicoptère, plus rarement avec des traîneaux et des chiens. Le travail de mainte- nance – déneiger les stations ensevelies ou au contraire les ancrer plus profondément dans le sol, vérifier le bon fonctionnement des antennes satellites, des panneaux solaires, calibrer les capteurs de vent et d'humidité – alternait avec la récolte de données qui, une fois analysées, fourniraient des informations détaillées sur l'évolution du climat récent, à petite échelle. Même si, comme l'avait fait remarquer Pascaline, surveiller la glace ne l'empêchait pas de fondre. C'est donc Éric qui les a initiés à ce pays, au montage et démon- tage d'une tente, à la façon d'économiser ses forces, de reconnaître une neige pourrie, Éric qui a joué les grands frères et s'est confié dans la tente commune, leur racontant dès le deuxième soir sa famille friquée, les conneries de son adolescence, ses parents qui l'envoient s'assagir chez une tante à Montpellier et sa découverte, cet été-là, lors d'un festival de sports extrêmes, du BMX, du skate, du wake- board – sa voie. Et puis un pote lui avait parlé du Groenland – si tu aimes l'adrénaline et les crevasses, mon coco, c'est pour toi. Il était venu ici sans se méfier, avec son matos spon- sorisé et ses barres énergisantes. Il y vivait désormais neuf mois par année, ne rentrait en France qu'au plus dur de l'hiver, pour régler un peu de paperasse, aller voir ses parents, entretenir ses différents «plans» – clin d'œil appuyé en direction des filles – mais l'un dans l'autre, le Groenland l'avait, répétait-il, calmé.

Éric n'a pourtant rien de calme ce matin. Il se contient d'abord en reformulant le désastre – qu'est-ce qui vous a pris, vous vous rendez compte du bordel que vous avez foutu, non mais à quoi est-ce que vous avez pensé –, puis laisse purement exploser sa colère – espèces de gamins, d'inconscients, *you're fucking débiles*, si j'avais su que vous étiez pareillement immatures, pareillement cons. Et toi, Éole, l'élite, hein, Summit, tout ça, t'as appris quoi, là-bas? Devant les faces penaudes des quatre coupables, il fulmine en boucle jusqu'à ce que Pascaline, déjà très pâle, plaque ses deux mains sur sa bouche et parte en courant vomir derrière une congère. Une honte, *a fucking honte*, répète Éric.

Le dernier petit-déjeuner traîne un peu, entre les maux de tête et la conscience de la fin qui rend les uns mélancoliques, les autres impatients. Les mêmes bols de muesli et de porridge que ces derniers mois, agrémentés des restes de raisins secs, noix diverses, Oreo émiettés ou M&M's. Ils s'y sont faits, ont constaté que ça tient au ventre, ça fournit l'énergie requise pour fonctionner jusqu'à midi. Et de l'énergie, il leur en faut pour ce qui les attend. L'avion est prévu pour le milieu de l'après-midi. Éric récapitule le protocole pendant qu'ils terminent le café. Retourner dans leurs tentes respectives, préparer leurs bagages, puis démonter les tentes dômes selon les instructions et les ranger correctement, si c'est mal fait on recommence – Florence grommelle, c'est pire qu'à l'armée, ce matin.

Lorsque les petits igloos jaunes ont disparu de la glace, on passe aux tentes rouges, à T2, en particulier, la tente-sanitaire, où tout le monde met la main à la pâte pour réparer les dégâts de la nuit précédente. Mais ils sont bientôt trop nombreux dans l'espace voûté et Éric en envoie certains dehors, où il reste encore tout le matériel à trier, ce qu'on embarque, ce qui reste ici et qu'il faut protéger, assurer à l'aide de tendeurs, recouvrir de bâches solidement fixées. Plus personne ne mettra les pieds au campement avant plusieurs mois, il faut donc effectuer un inventaire minutieux, noter ce qui manque ou ce qui est cassé – Magnus et Éole se regardent les bottes –, mettre le reste à l'abri, pour que la prochaine équipe, après l'hiver, sache exactement à quoi s'attendre.

La fatigue, aggravée par la gueule de bois, le froid mordant d'octobre et la promesse du retour – ce qui arrive ensuite s'explique de mille manières qui n'y changent rien. Debout sur la plateforme surélevée, Florence transmet des instruments de mesure à Laakki, qui les réceptionne au sol. Florence n'en connaît pas la moitié, il y a du matériel de pointe et des outils vétustes, elle s'en saisit sans établir de distinction. Le mouvement s'automatise, ses doigts fourmillent sous les gants thermiques, la lumière aiguë contre les tempes, elle donnerait n'importe quoi pour se trouver dans une chambre chauffée, au fond d'un lit ou d'une baignoire, avec une bonne connexion internet. Lorsque Florence entend le cri sous le fracas, il est trop tard. Elle ferme un instant les yeux sans oser bouger, figée dans ce moment où elle n'est pas encore certaine de ce qui vient de se produire. Elle entend les pas des autres qui accourent, elle se ressaisit, s'approche du bord de la plateforme. Laakki est étendue à terre, recouverte jusqu'à la taille par une bâche qui s'est déployée dans la chute et que le vent fait doucement claquer. Le visage de Laakki grimace de douleur. Florence devine qu'un objet lourd se trouve sous la bâche, que le corps de Laakki est écrasé entre la glace et cet objet lourd. Avant qu'elle-même ait le temps de descendre l'échelle, Luca est auprès de la jeune

Groenlandaise. Les genoux dans la neige, il soulève prudemment la bâche sans cesser de parler d'une voix rapide mais très calme, où est-ce que tu as mal, est-ce que tu respires correctement, est-ce que tu peux bouger tes pieds, *dai, dai, stai calma*.

Tout le monde est là, en cercle autour de la zone. Éric, Éole et Florence se positionnent pour soulever délicatement le moteur de rechange du motoneige, puisque c'est de cela qu'il s'agit. La tête renversée en arrière, Laakki serre les dents. Agenouillée près d'elle, Céleste lui caresse le front, lui chuchote des choses en catalan. Luca examine la jambe, tordue d'une manière qui n'augure rien de bon. Une auréole sombre commence à se former à la surface de la combinaison. Laakki claque des dents malgré les couvertures de survie qu'on lui a glissées sous la tête et étendues sur le buste.

Une civière est improvisée avec la bâche, Luca coordonne, doucement, doucement, *ragazzi*! Laakki est ramenée à l'intérieur de T1. Écartez-vous, laissez-la respirer. Sous la lueur pâle de la toile, Luca déchire la combinaison pour examiner la jambe. Le genou est bleu, bosselé. Un peu du tissu synthétique de la combinaison s'est incrusté dans la profonde entaille, au niveau de la cuisse. Ne t'inquiète pas, on va s'occuper de toi. L'avion ne devrait plus tarder maintenant. On va s'occuper de toi.

Chaque jour, 80 000 avions parcourent le ciel mondial. Avant chaque vol, les pilotes et les aiguilleurs du ciel établissent des prévisions. Ils ont parfaitement en tête les cartes du relief et des vents dominants, tiennent compte des aléas météorologiques, calculent le carburant en conséquence. Sept heures après le début de l'éruption, tous les aéroports d'Europe sont sur le pied de guerre. Si les vents suivent les modèles actuels, ils viendront du Sahara, nettoieront la zone de l'éruption pour emporter avec eux les cendres jusqu'aux Balkans. L'Europe occidentale devrait être épargnée dans un premier temps – y a-t-il chose plus imprévisible que le vent? – mais aussitôt que la cendre se sera répandue dans l'atmosphère, plus personne ne répondra de rien. Tous ont en tête le vol de British Airways de 1982, au-dessus de l'Indonésie, dont les quatre moteurs se sont éteints coup sur coup, bouchés par la cendre volcanique qui s'y était solidifiée. Le protocole à appliquer dans de tels cas pour les centaines d'appareils qui s'apprêtent à survoler la zone: se poser le plus rapidement possible.

12

Kotor

Vasko marche un peu en avant des autres. Son téléphone en main, un linge de bain encore humide enroulé autour du cou, il essaie de s'orienter sous les arches de la galerie marchande qui longe la route nationale. Après les derniers vendeurs de coques téléphoniques, la route débouche sur une grande aire de bitume bordée de bennes vertes et d'immenses panneaux publicitaires vides. Kotor, gare routière. Ils ont un peu traîné sur la plage et maintenant, les guichets ferment dans vingt minutes. Sur Google Maps, l'épingle «home» reste fièrement fichée au-dessus de Villeneuve. Ces vacances ne sont vraiment pas comme les autres. Vasko glisse son téléphone dans la poche arrière de son jeans, rassemble son courage et pénètre dans la gare.

Quatre jours plus tôt, Nora, Virgile et Vasko se ruaient à la sortie des cours dans le minivan de Mike qui patientait, moteur allumé, sur le parking du lycée. L'excitation était manifeste. Ils avaient dévoré des pains au chocolat et des boissons énergisantes pendant que la nuit tombait et que le père de Virgile les conduisait à travers l'Europe en leur racontant des histoires sur tous les bleds qu'ils croisaient. Ils s'étaient un peu calmés pendant la longue autoroute autrichienne, avaient ouvert un paquet de Schtroumpfs Haribo au moment d'entrer au Tyrol du Sud, vers minuit. Ils s'étaient endormis, les trois à l'arrière, bercés par la radio pendant que le bus slalomait sur les frontières alpines, s'étaient réveillés dans les forêts slovènes parce que Mike s'était arrêté sur le bas-côté pour laisser traverser un cerf égaré dans le faisceau des phares. Ils avaient passé la journée suivante à regarder défiler la Croatie, roulant sur le ruban de béton lisse presque désert qui suit la côte, contournant les blocs d'immeubles des banlieues de Split, les villages de pêcheurs près de Makarska, patientant quelques heures à la douane en plein soleil pour franchir le court ruban de côte bosniaque avant d'accomplir un large cercle autour de la vieille ville de Dubrovnik, qu'ils s'étaient promis de venir visiter au retour. Dans une station-service flambant neuve à l'entrée de la baie, ils avaient partagé leur première bière slave.

Étrangement, les stations-services et les gares routières font partie des souvenirs les plus clairs de Vasko. Il s'en est rendu compte sur le trajet : l'itinéraire, au fur et à mesure qu'ils approchaient de son pays d'origine, se faisait toujours plus précis dans sa tête – ces halos de lumière rassurante qui percent le paysage pendant la nuit et donnent l'impression d'avoir atteint un phare terrestre au milieu d'une mer inconnue. Tout à la fin des 1 600 kilomètres, ils avaient serpenté de manière vertigineuse sur la falaise au-dessus de Risan, sur une route de montagne étroite où la lumière striait entre les sapins et les hêtres. « Bienvenue au pays de la montagne noire », s'était exclamé Mike en freinant légèrement au sommet d'un col, adressant un clin d'œil à Vasko dans le rétroviseur. « Toutes les Alpes dinariques étaient autrefois recouvertes de forêt, vous imaginez ? Ce *monte negro*, c'est un peu le diamant caché de l'Europe. Pas vrai, Vasko ? »

Quand ils se sont réveillés, hier, et que Virgile leur a annoncé le départ de Mike, Vasko n'a pas tout de suite évalué les conséquences sur leur voyage, mais c'est bien à lui, maintenant, de prendre les choses en mains pour se rendre chez son oncle à Podgorica et revenir ici avant l'arrivée de Lola, dans trois jours. Jusque là, il n'y a qu'eux trois, le soleil de plomb. Et ces montagnes noires.

Devant la gare routière de Kotor, il reconnaît les sensations, les matières: les plaques blanches des avant-toits soutenus par des piliers décatis, les panneaux indicateurs pour des destinations délavées, les cars de marques diverses alignés en quinconce, tout contre un trottoir en petits pavés gris bordés de jaune. Virgile, comme souvent, a passé son bras autour des épaules de Nora, s'appuie sur elle qui se plaint en riant. Ils se laissent guider par Vasko, ne lui demandent pas pourquoi il hésite avant d'entrer dans le bâtiment, pourquoi il se tourne vers eux comme s'il attendait un conseil de leur part. Nora se poste devant le panneau des départs internationaux. «On pourrait aller à Belgrade pour 19 euros!» Virgile rit. «On ferait quoi à Belgrade? On continuerait sur la Bulgarie et la Turquie? T'as envie de te prendre des bombes dans la gueule, toi?» Nora fait mine d'hésiter. «Bon OK, on s'en tient au plan, va pour Podgorica.» Petit coup d'œil complice vers Vasko, qui ne réagit pas. «Mais ça a intérêt à être un peu plus rock'n'roll qu'ici.»

À l'intérieur de la gare routière, des chaises en plastique sont disposées au milieu d'un immense hall pavé de carrelage beige. Le long de la paroi sont alignés des guichets dont les vitres sont couvertes d'horaires et de publicités. Vasko en choisit un au hasard, Nora et Virgile vont s'asseoir plus loin – ils n'ont visiblement pas l'intention de faire la queue avec lui. Au guichet, il salue en monténégrin et demande trois billets pour la capitale le lendemain matin. La femme flegmatique en chemise blanche lui répond en anglais, les yeux dans le vague. «À quelle heure?» Vasko est surpris mais pense qu'il s'agit peut-être d'un réflexe et tente de poursuivre la conversation en monténégrin. «Quels sont les horaires?» La femme reprend en anglais, sur le même ton. «Tous les horaires. Quelle heure?» Vasko bredouille, tout en essayant d'attirer l'attention de Nora et Virgile en faisant des gestes de la main. «Euh... Vers 10 heures?» La femme conclut. «Il y a un bus à 10h17. C'est 24,30 euros pour trois personnes.» Nora et Virgile, qui ont rejoint Vasko, font signe que c'est bien. Vasko paie et prend les billets, se retourne sans dire au revoir à la femme, que les deux autres saluent d'un «bye» embarrassé.

Vasko sort de la gare, s'assied sur un petit muret à l'entrée du parking des bus, le visage plus fermé que jamais. Nora et Virgile le rattrapent. «Ça va?» Virgile le fixe avec insistance, puis son téléphone se met à vibrer, affichant le nom de «Maman». Il hésite un instant, «c'est Lola», lève des yeux désolés sur Nora, s'éloigne sur le parking en portant le téléphone à son oreille. Vasko l'observe faire les cent pas, une main dans la poche. Il sent le regard de son amie posé sur lui, interrogateur, soucieux. Depuis ce premier moment à la rentrée des classes, il s'est souvent surpris à lui confier des choses, dans des moments anodins, par inspiration naturelle. S'il lui trouve parfois des attitudes de gamine énervante, d'autres fois, comme maintenant, Nora dégage un calme terriblement adulte qui l'impressionne. Il bredouille. «Je sais pas.» Puis «C'est lourd», puis plus rien. Nora sort une cigarette qu'elle allume pour dire que rien ne presse. Vasko tend la main, prend une taffe, s'étrangle, tousse, fais un geste en direction de la gare.

— C'est la femme du guichet. Elle m'a parlé en anglais, ça m'a énervé.

— Tu parlais monténégrin quand t'étais petit?

— Avec mon père, oui, serbe, tout le temps. Il me le parlait à la maison, il voulait même que je prenne des cours mais il en avait pas trouvé, ou je crois que ma mère jugeait pas ça utile. Pour mon père, le fait que je ne puisse pas parler au pays, l'été pendant les vacances, ça aurait été la pire des choses.

Nora écrase sa cigarette, la jette d'une chiquenaude.

— Alors tu parles la langue, point. C'est juste la meuf du guichet qui est conne.

— J'ai plus parlé depuis huit ans. J'ai peut-être cet accent bizarre des gens qui apprennent juste quelques mots quand ils vont en touristes quelque part.

Nora guette son visage pour voir s'il est sérieux, puis décide qu'elle peut rire. Elle pointe Virgile du menton.

— Comme ce type, là, tu veux dire ?

— Pas du tout. Virgile, il apprend deux-trois mots sans que tu saches comment et il les prononce à la perfection. Je te parie qu'elle y aurait vu que du feu avec lui.

Nora ne répond rien, lève la tête vers les remparts où elle se promenait le matin même, et qui sont maintenant éclairés par les tout derniers rayons de soleil.

— Il va bientôt faire nuit. C'est dommage qu'on soit pas montés sur cette montagne, on aurait eu une vue de fou. Elle s'appelle comment ? C'est elle, la montagne noire ?

Vasko s'est levé. Il s'est mis à jouer avec les graviers du muret.

— Qu'est-ce que j'en sais.

— On pourra peut-être revenir avec la mère de Virgile, après Podgorica ?

— De toute façon on doit laisser le minivan ici, donc oui on reviendra. Et je crois pas que j'aie envie qu'on reste trop longtemps chez mon oncle. Si tu vois ce que je veux dire.

Nora n'est pas sûre mais dit « C'est clair », marque un temps, regarde Virgile toujours au téléphone, puis pose la question qui la démange depuis le début, ce qu'elle regrette presque instantanément.

— C'est quoi qui te fait le plus peur ? De

115

revoir la maison où tu as grandi, ou de découvrir des trucs sur la mort de ton père?

Vasko lui offre son visage avec un sourire sincère en s'époussetant les jambes.

— Je suis désolé que Mike soit parti et que vous ayez pas pu aller grimper aujourd'hui avec lui et Virgile. Toi tu voulais grimper, non? Je savais même pas que c'était un bon spot pour la grimpe, tu vois.

Nora se rapproche de lui, laisse son épaule frotter doucement contre la sienne. Elle se demande brièvement s'il ressent ça comme elle, s'il pense à cette partie précise de leurs corps qui sont en contact, si cela le gêne mais qu'il n'ose rien dire. Elle lâche dans un souffle – même pas sûr que Vasko puisse entendre: «C'est beaucoup mieux d'être rien qu'avec vous deux.» Et puis: «Les montagnes vont pas disparaître du jour au lendemain.»

Lorsque Virgile revient, le parking est bleuté et Nora se dit que le moment se prêterait vachement à une nouvelle vidéo, elle pourrait filmer Vasko et elle, assis sur ce muret, les rayons chauds du couchant dans leur dos. On verrait Virgile qui arrive et qui, lui, serait déjà dans l'ombre, sa fine silhouette évoluant sur le vieux goudron de la gare routière. Il n'y aurait pas de bus, ou alors sporadiquement, comme chorégraphiés, et Virgile parcourrait en silence la distance qui le sépare d'eux, les rejoindrait exactement au moment où les rayons disparaissent. Elle se dit ça, Nora, et se dit aussi qu'elle est peut-être un peu folle, parce qu'il y a souvent plusieurs versions de la réalité qui défilent dans sa tête au moment où elle la vit.

Virgile a machinalement posé une main sur chacun de leurs genoux. Il semble extrêmement réveillé, comme si l'arrivée de la nuit constituait pour lui un nouveau départ. Il résume sa conversation avec Lola. «En fait c'est vraiment le bordel, cette histoire de volcan. Il y a des vols retardés, à cause d'autres vols en Italie qui sont annulés, si j'ai bien compris, en tout cas ça décale tout. Donc ma mère sera peut-être un peu en retard, mais elle peut pas savoir pour le moment. Il n'y a pas de projection à trois jours. Au pire elle prendra le train. Il faut qu'on s'occupe du minivan en attendant, qu'on prolonge le parking le temps de faire l'aller-retour à Podgorica, comme prévu. Elle se débrouillera pour venir et nous attendra ici, et on repartira avec elle de Kotor.» Vasko dit «OK, de toute façon on n'a pas le choix», et puis: «On a des sous?» Nora se lève. «J'ai ma carte, je peux descendre à moins cinq cents si jamais.» Virgile: «J'ai toujours un billet de cinquante dollars en réserve. C'est une habitude qu'on a prise avec mes parents quand on voyageait. J'ai pas le droit d'y toucher.» Grand sourire. «Sauf en cas d'urgences.»

Ils marchent dans l'obscurité qui s'installe. Les quelques centaines de mètres jusqu'aux remparts sont déserts, et le Fjord Hotel abandonné en bord de mer, qu'ils aperçoivent en repassant près de chez Tanjga, a des allures de maison hantée. Parvenus à l'intérieur des murailles de la ville, ils avisent un bureau de change illuminé derrière une bâche jaune. Nora s'enquiert de Mike. «Il est arrivé au Groenland?» Virgile s'approche du comptoir tournant séparé en deux par une vitre griffée, cherche son porte-monnaie. «Non, justement, ma mère l'a eu au téléphone tout à l'heure. Ça a l'air un peu compliqué. Même s'il travaille pour le Service climatique européen, son avion n'est pas prioritaire. Il a dû faire plein d'étapes et il est encore à Paris ou à Amsterdam, je sais plus. Il attend qu'on lui donne le feu vert mais il n'arrive pas à entrer en contact avec les gens qu'il doit aller chercher.» Virgile dépose le billet de cinquante dollars sur le comptoir. «T'imagines, coincé au Groenland? Finalement c'est peut-être pas nous les plus à plaindre.» Le vieux monsieur de l'autre côté scrute les trois visages juvéniles qui le fixent intensément, prend le billet, pose 46,80 euros à la place, *«Dobro veče»*.

Le parking protégé se situe juste à l'extérieur de la vieille ville. Nora a attrapé le bras de Vasko – la nuit elle trouve ces mouvements plus faciles, plus naturels. Virgile regarde autour de lui. Le minivan est garé tout au fond. Ils s'arrêtent à quelques pas et le contemplent comme une absurdité, comme s'il manquait un adulte avec eux pour leur interdire d'y toucher. Nora insiste. « Tu sais conduire, non ? » « OK, juste les gaz alors. » Virgile se met au volant, Nora à ses côtés. Vasko s'installe sur la banquette arrière et appuie ses coudes sur les deux sièges avant. Le moteur démarre, la radio s'allume – une daube pop du début des années 2010. « On pourrait passer la nuit ici. » Nora n'est pas certaine de savoir si c'est Vasko ou Virgile qui a dit ça, ni si c'est sérieux, ni si la réalité serait à la hauteur de l'envie. Virgile allume les phares et deux cylindres lumineux taillent le noir en profondeur. Des particules en suspension s'agitent dans la lumière, rendent exagérément visibles leurs mouvements anarchiques.

Virgile éteint le moteur. « J'ai lâché un énorme pet, si jamais. » Les trois sortent en vitesse, hurlant, Virgile en fait des caisses au sujet de la viande du midi, Nora et Vasko se tiennent à bonne distance en riant. « T'approche pas, gros porc », ils paient au gardien 45 euros pour trois jours de parking supplémentaires et reprennent ensemble la direction de l'appartement.

13

Paris

Les toilettes de Norbert sont pourvues de fonctions épatantes. Par exemple ce jet, réglable en intensité, en température et en angle, qu'Alix actionne au moyen d'un petit tableau de bord qui détonne de modernité sur le mur en faïence jaune. La pièce doit faire deux mètres sur deux. Au dos de la porte en contreplaqué blanc, la photo d'un homme noir, musclé et huilé, tenant un bébé dans ses bras. Quelqu'un a ajouté une petite moustache sous le nez du bébé et une bite à proximité de la bouche de l'homme, au stylo indélébile argenté. À droite des toilettes, une baignoire à pieds fait face à un grand miroir posé à même le sol. Ça sent le savon de Marseille, l'huile essentielle de pample-mousse et, vaguement, le reflux des égouts. Ces toilettes japonaises sont, de très loin, la partie la plus technologique du deux-pièces de Norbert, logé au sous-sol d'un immeuble sans charme de la rue Froidevaux, à un jet de pierre des Catacombes et à cinq bonnes heures de marche de l'aéroport Charles-de-Gaulle. Alix fait durer encore un petit moment le plaisir du jet numéro trois, à température tiède.

L'imposte, entrouverte et couverte de buée, donne sur un saut-de-loup, puis sur la rue. Bruits de pas, éclats de voix, une sirène d'ambulance ou de police. Par moments, les canalisations, à l'intérieur du mur de la salle de bain, se contractent avec le son que ferait une plaque de chantier en métal traînée sur le bitume. De l'autre côté de la cloison, des éclats de rire préenregistrés se mêlent à la petite friture d'une sauce *all'arrabbiata* en train de mijoter sur une cuisinière à gaz. Alix fouille dans son sac pour en sortir un sachet en plastique contenant une boîte neuve de serviettes hygiéniques. Six euros. L'ultra-mince a un prix. Mais elle a bien fait de les acheter. Rien de plus angoissant que l'idée de laisser une tache sur le canapé d'un ami qu'on ne voit que deux fois par année.

— Il faut soulever un peu la porte pour débloquer la serrure!

Norbert, peignoir mauve, cheveux dissimulés sous une serviette blanche, s'affaire derrière la petite cuisinière lorsque Alix sort des toilettes pour s'arrêter devant l'épatante collection de VHS de son hôte. Un mur entier de la pièce en est tapissé. Les titres attestent dès le premier regard d'un amour immodéré pour l'éclectisme le plus total et le plus aventureux. La plupart sont des cassettes originales – cinéma d'auteur américain et classiques asiatiques, séries Z européennes, sitcoms des années 1980-1990, cinéma d'horreur, Dogme 95, Nouvelle Vague, Nollywood, Snuff Movie, et même l'intégrale de Disney jusqu'à *Kuzco, l'empereur mégalo*. Et puis il y a ces trois bons mètres de cassettes dont les étiquettes, blanches ou roses, portent à la main des noms de garçons et des dates. Serge, 19 mai 1997. Sony et Benoît, 11 novembre 1988. Antoine, 23 septembre 2001 – la date la plus récente, à vue de nez.

— Tu aimes quand c'est piquant, ou pas tellement?

Alix acquiesce et se laisse tomber dans le canapé de couleur indéfinissable – l'éclairage minimaliste de la pièce et la vapeur des pâtes qui frémissent donnent à l'ensemble une teinte chaude. Elle étend ses jambes et ferme les yeux mais se redresse presque tout de suite pour déloger dans son dos une figurine de Chewbacca qui pousse un petit grognement quand elle la pose sur la table basse. Sur l'immense écran plat qui occupe presque la totalité d'un autre mur – l'avantage des appartements sans fenêtres – passe un épisode de l'ultime saison de *Friends*, en version française. Sous la télévision, hypnotisé par la silhouette de Jennifer Aniston, ou peut-être par la grosse mouche qui s'y cogne avec assiduité, un chat roux et obèse tend le cou et tape de la queue le tapis angora.

— Tu sais que quand j'attendais encore mon avion, ce matin, je me suis mise à regarder *Lost*, tout le pilote d'un seul coup. Je me souvenais pas que c'était aussi addictif. Le coup du réveil dans la jungle, avec le dézoom depuis les yeux et le long plan-séquence, c'est quand même quelque chose.

Norbert la rejoint et dépose deux assiettes de pâtes fumantes à même les jaquettes de DVD pirates qui jonchent la table basse, s'assied en soupirant d'aise, se relève, éteint le gaz et revient avec une bouteille de rouge sans étiquette et deux verres en plastique transparent, avec de la poudre d'or et des paillettes qui bougent à l'intérieur des parois. Il lui tend une fourchette, puis la reprend et lui en tend une autre.

— Je crois que j'ai léché celle-là. Ça me fait vraiment plaisir de te voir, Alix, putain. Vraiment plaisir. Par contre, il faut que tu trouves un moyen de me prouver que tu es vraiment venue jusqu'ici à pied depuis Roissy. Je savais même pas que c'était possible, avec les routes, les barrières, les marécages, tout ça. Il y avait vraiment plus d'autres moyens ?

— Il y a des marécages autour de Paris ?

— Pour ce que j'en sais, il pourrait bien y avoir des barrières de ronces magiques ou des rivières de magma. Et franchement, je croyais qu'au-delà du périph, c'était comme dans le *Truman Show*, qu'on se cognait à un dôme et que le monde était une image de synthèse.

— En tout cas, la campagne à l'extérieur de Paris ne ressemble à rien. Ce qui est fou, c'est qu'à pied, tu vois vraiment les choses différemment. Je pensais pas que ça serait aussi flagrant. Le temps qu'il te faut pour contourner un bâtiment ou une usine, par exemple, ou pour traverser une toute petite forêt, alors que tu ne remarquerais même pas ces choses-là en voiture, encore moins en métro ou en train. Quand j'ai compris que tout était bloqué, que tu ne répondais pas...

— ... encore désolé! Les réseaux étaient saturés.

— C'est pas ta faute, on s'est tous retrouvés coincés.

— Un volcan à deux mille bornes de nous peut vraiment foutre tout ce bordel?

— Faut croire. En tout cas, au début, ça m'a un peu fait paniquer. Moi qui me voyais déjà à 10 000 mètres, dans mon avion supersonique, à voyager au milieu de tous ces millionnaires. J'avais tellement chaud. C'est quoi ce mois d'octobre? On approchait de l'heure où j'aurais dû arriver à New York. Je comprenais plus rien. J'en avais marre. Et puis je me suis dit que c'était un signe. Comme dans *The Walking Dead*, ou *La Route*, tu vois. Essayer de savoir si j'en étais capable. Ce que je valais, seule.

— Tu as suivi la nationale tout du long ?

— Au début oui. C'était surréaliste, les voitures étaient toutes arrêtées, les gens me demandaient ce qui se passait, il y avait un côté retour de vacances, mais avec une sorte d'anxiété, des rumeurs. Je leur disais ce que je savais, qu'un avion avait brûlé sur la piste, eux me répondaient qu'il y avait une série de crashs, des attentats, mais ça concordait pas avec les news officielles, l'histoire du volcan revenait aussi mais on voyait toujours les mêmes images, j'en savais encore rien. Quand j'ai réalisé le temps que ça allait me prendre, je me suis acheté une salade dans un Subway, juste avant Aéroville. Tes pâtes sont super bonnes, d'ailleurs.

— Merci.

— Je me suis posée dans une salle de cinéma – complètement vide ! – pour recharger la batterie de mon téléphone, et puis j'ai continué vers le Parc des Expositions. Il y avait un truc sur des nano-voitures qui fonctionnent avec de l'or, mais de nouveau, pas un chat, vide, complètement vide. En passant devant IKEA, j'ai vraiment hésité à faire une sieste sauvage sur un Malmø. J'étais morte, morte, je suis debout depuis

3 heures du matin, moi, et il faisait beaucoup trop chaud.

— Les nouveaux Kumulus sont incroyables, tu aurais dû essayer. Je te laisse volontiers le mien ce soir si tu préfères, de toute façon je dors pas beaucoup ces temps-ci.

— Tu vis dans un drôle d'endroit, mec, mais il faut reconnaître que tu sais où investir. Le matelas et les toilettes.

— Tu as essayé le jet numéro trois ? Celui qui te rentre directement dans le cul ? C'est un truc de fou. Je comprends plus comment c'est possible de revenir à du PQ après ça. Quand t'as fini de jardiner, tu t'essuies les mains avec du papier journal, toi ?

— Combien de mois de salaire ça t'a coûté, ce truc japonais ?

— Tu sais, moi, à part avoir le cul bien rincé et un pieu confortable, cet appart c'est surtout un garage pour stocker mes vidéos. Je sais pas quel pourcentage de mon temps je passe dehors pour les repérages, mais ça doit avoisiner les quatre-vingt-dix. En ce moment, avec toutes les séries françaises, il y a du taf. En fait, tu as de la chance que j'aie dû rentrer ici, normalement je devais partir pour Bari ce soir, pour visiter un lieu de tournage, mais tous les vols vers l'Italie ont aussi été annulés, évidemment, si près de l'épicentre. Putain de grounding. Ça aurait été un truc de dingue de filmer ça de près !

128

— Putain de Roland Emmerich, oui! Dans tous les multiplexes d'Aéroville, ils ne passaient que son navet! Tu imagines le score qu'il va faire maintenant, avec l'actu? Le gars sort un film qui parle de la réalité juste avant que ça arrive.

— Sauf que c'est une grosse daube.

— Tu l'as vu?

— Non. Bon, et du coup tu comptes faire quoi?

— Je sais pas. J'ai reçu un message d'Oceanic qui disait que le Paris-New York de demain serait aussi annulé. Apparemment, on s'achemine vers un grounding général. Il n'y a qu'au nord que ça volera encore un moment.

— On peut dire qu'ils ont bien foiré le lancement de leur super avion en tout cas. Qu'est ce qu'il vont faire avec ta valise? Tu vas devoir retourner à Roissy?

— Non, encore heureux. Ils ont proposé de l'acheminer à Lausanne directement, par le train. Ils m'ont offert le billet.

— Tu as dis quoi?

— J'ai dit oui.

— Alors New York, ce sera pour une autre fois?

Alix avale une fourchette de pâtes sans répondre, Norbert se lève et se ressert une assiette. La VHS de *Friends*, usée jusqu'à l'âme, se met à débloquer et des zébrures horizontales apparaissent sur le visage de Jennifer

Aniston, superposant son visage à celui de Matt LeBlanc et déformant légèrement le son des voix.

— C'est quand même des blaireaux d'avoir changé le doublage vers la fin. La voix de Jenn est complètement stupide. Vraiment des blaireaux.

Alix reverse du vin dans les verres, Norbert dit merci en mâchant, et les deux tapent leurs gobelets en plastique pendant que le chat entreprend de se lécher l'anus sur le plan de travail de la petite cuisine.

Le ciel est éventré. Depuis douze heures, sans interruption, s'élève une colonne de roches magmatiques, de poussières en fusion, de détritus telluriques, haute de plusieurs kilomètres. Pline le Jeune est le premier à avoir donné une description méticuleuse du phénomène, lors de l'éruption du Vésuve en 79. «La colonne ressemblait à un arbre, et plus particulièrement à un pin-parasol.» Il écrit que «le jour recommençait ailleurs, mais qu'autour régnait la nuit la plus sombre et la plus épaisse». Alors que ce 18 octobre touche à sa fin, alors qu'hier encore on contemplait le coucher du soleil d'automne sur la baie, Naples est plongée dans le noir. Sur les flancs dévastés du volcan, des corps reposent sous les ruines des bâtiments et des mètres de suie. Le périmètre de sécurité a éclaté comme un fruit trop mûr, on parle de 30 000 victimes immédiates et de deux millions de déplacés rien qu'en cette première journée. Vers 20 heures, le sommet de la colonne plinienne atteint les limites de la troposphère. La fumée se mêle aux vents d'altitude et s'enroule horizontalement sur elle-même comme un cyclone subtropical. Les particules soufrées qui ne sont pas retombées, les plus fines et les plus volatiles, se mélangent aux vapeurs d'eau de l'atmosphère et entrent en réaction chimique. Ce nouvel aérosol, létal pour le climat, commence sa lente dispersion tout autour du globe.

14

Clim Camp

Il avait pris ce chemin des centaines de fois avec ses parents. Il en connaissait le moindre arbre, la moindre pierre, y avait vu des vipères et des cerfs, des renards, mais jamais avant cette après-midi de printemps, et jamais depuis, il n'était tombé sur un loup. Le museau dans les herbes hautes, l'animal, un mâle à la fourrure flamboyante, avait redressé la tête en direction du jeune garçon. La scène aurait pu virer au conte ou au cauchemar, les yeux jaunes du loup regardaient par en-dessous le corps immobilisé de l'enfant, la neige formait encore des plaques sales entre les sapins. Et puis le loup avait simplement fait volte-face. Le garçon avait brandi son téléphone et filmé les dix dernières secondes de la rencontre, l'image d'une bête se coulant dans les taillis sans un bruit.

Aujourd'hui, quinze ans plus tard, filmant le ciel vide du Groenland dans l'attente d'un avion qui ne vient pas, Magnus repense à cette histoire, qu'il ne raconte pas volontiers – elle fait beaucoup trop scène fondatrice à son goût. Quand on voit Magnus, debout sur l'inlandsis, l'expression qui vient en premier est probablement «force tranquille», ou «flegme du Nord». On ne se doute pas de la vérité. Gamin survolté des quartiers est d'Oslo, le corps et la tête en perpétuel mouvement, il fut un temps où Magnus était incapable de fixer ses mains, ses pieds, ses yeux pendant plus de quelques secondes sur un objet ou une pensée – un cas classique de syndrome hyperkinétique, les médecins avaient posé le diagnostic et prescrit les médicaments d'usage. Mais les parents avaient dit non. À la place, ils s'étaient efforcés de ralentir le train de vie de leur enfant, d'alléger son environnement sonore et visuel. Les progrès n'avaient pas été foudroyants, Magnus était demeuré un gosse solitaire et distrait. Et puis, pour son entrée au lycée, il avait reçu son premier téléphone portable, un Ericsson à clapet. Il n'en avait pas réclamé – pour parler à qui, de toute façon – et ne s'en était pas servi jusqu'à ce jour de printemps où, pour rentrer de l'école, il avait décidé de couper à travers la forêt d'Østmarka.

La présence de loups dans les environs d'Oslo est avérée, mais Magnus n'a jamais montré ses images, ces dix secondes de film qui dorment toujours sur ce vieux téléphone dans sa chambre d'enfant. Pour ses proches, l'habitude qu'il a contractée à ce moment-là de tout filmer tombait de nulle part. Tout le monde pensait que cela lui passerait. Mais la lubie s'est prolongée. C'était devenu du sérieux le jour où Magnus, à dix-sept ans, avait décroché un stage à la télévision publique. Il y était allé au culot, avait envoyé une vidéo de trois minutes, tournée avec les moyens du bord, un reportage sur la vie sauvage en ville – batraciens, oiseaux, plantes et insectes dans les rues d'Oslo, la reconquête de la forêt sur les banlieues de la capitale. Deux ans plus tard, la chaîne pour laquelle il travaillait décidait de financer un projet de *slow TV*. L'idée : filmer d'un bout à l'autre le trajet ferroviaire entre Oslo et Bergen – le plus beau du monde, 496 kilomètres de rails, de plateaux enneigés, de sapins, de rochers, de poteaux, de névés, de gares peintes en rouge, et 182 tunnels et galeries, pas une mince affaire. Un plan séquence de sept heures, une école de lumière, de permanence. Et de patience. La chaîne avait remis ça quelques mois plus tard. Il s'agissait cette fois de retransmettre en direct la traversée du *MS Nordnorge*, un ferry côtier qui assure la liaison entre Bergen, sur la côte ouest, et Kirkenes, au bord de la mer de Barents, près de la frontière russe. Cette fois, Magnus était aux commandes en tant que réalisateur. Un 16 juin à 19 h 45, heure d'Oslo, la transmission démarrait pour se terminer 134 heures plus tard, soit cinq jours et demi à assurer l'image par n'importe quelle luminosité. Le succès a été massif et international.

Le Groenland s'inscrit dans cette lignée, bien que cette fois, le projet soit un peu différent. Pas de retransmission live, pas de tournage ininterrompu. Mais Magnus a été recruté avec son matériel et, depuis le début du séjour, il pose sa caméra. Jamais pour filmer les *Green Teens*, mais pour saisir le décor, capturer les variations atmosphériques, la progression des vents, les longs ciels du Groenland.

Celui de ce soir tire déjà sur le rouge. À l'heure qu'il est, il ne devrait plus y avoir personne ici depuis belle lurette. À l'heure qu'il est, Éric aurait dû accueillir l'avion sur la neige de Clim Camp avec de grands signes, tout le monde aurait dû se coincer dans le petit appareil, on aurait placé Laakki sur un siège confortable, regardé Clim Camp s'éloigner dans les hublots, souhaité bonne chance au camp pour ses cinq mois d'hivernage. Le pilote les aurait laissés sur le tarmac de l'aéroport international, puis il aurait fallu se dire au revoir dans le bâtiment allongé du terminal. Laakki, avec l'aide d'Éric, aurait été transférée à Nuuk – direction les urgences du Dronning

Ingrids – pendant que les autres seraient montés dans un second appareil à destination de Copenhague, d'où ils se seraient répartis l'Europe – Genève-Cointrin, Manchester, Oslo-Gardermoen, Naples-Capodichino, Barcelone-El Prat, Montpellier-Méditerranée, Ljubljana-Jože Pučnik, Athènes Eleuthérios-Venizélos. Mais ils n'ont pas quitté le sol glacé de Clim Camp. Malgré un ciel parfait qui ne laissait présager aucun retard, l'avion n'est pas arrivé. Laakki flirte avec les 40 de fièvre, les visages sont crispés, nerveux. Et Magnus filme le ciel.

Éric s'est voulu rassurant, les retards de vol étaient fréquents, le pilote avait sûrement essayé de les prévenir sur le téléphone satellite – il a jeté un regard insistant aux quatre auteurs du jacuzzi improvisé, qui n'ont pas osé répliquer. On sait qu'il ne faut pas s'attendre à une ponctualité sans faille, que le Groenland ne se laisse pas survoler facilement. Les changements de température sont brutaux, le ciel peut sembler dégagé et devenir impraticable en quelques minutes, et si le brouillard s'installe, le retard peut durer des jours – tout cela, on le sait. De toute façon, dans l'impossibilité d'entrer en contact avec quiconque, la petite troupe n'a pas eu d'autre choix que de prendre son mal en patience, piétinant toute la journée autour du campement défait, sans oser trop s'en éloigner.

À un moment donné, Luca a proposé de retourner au sommet de la montagne, celle qui surplombe le campement. Ils y sont allés la veille encore pour capter le réseau téléphonique émis depuis la côte – il suffit d'être disposé à se taper une heure et demie de marche dont cinq cents mètres de dénivelé dans le vent et le froid. Le doc n'aimait pas l'idée que Laakki passe une nuit ici dans cet état. Éric a catégoriquement refusé, l'avion risquait d'arriver d'une minute à l'autre, et ça n'était pas le moment de se disperser. Laakki, bardée d'antidouleurs, serrerait les dents. Et puis elle est du coin, non, c'est une guerrière. L'ambiance commençait à se détériorer, on avait faim, froid. On voulait juste rentrer.

Vers 17 heures, il a fallu commencer à remonter les tentes dômes. Le soleil flirtait avec la ligne d'horizon. Même si l'avion arrivait avant la tombée du jour, il faudrait sans doute attendre le matin suivant pour repartir. On a replanté les douilles qui arriment les tentes au sol. On a rouvert les caisses de nourriture lyophilisée et de matériel, sorti quelques outils, déployé les toiles à contrecœur.

Hier à la même heure, ils croyaient assister à leur dernier coucher de soleil arctique. Ce soir, Magnus est le seul que ça intéresse encore. Et pourtant le ciel se donne du mal, se tord et s'étire, délaie ses bleus, ses rouges, ses verts et ses violets, ça change tout le temps, bien plus vite que les paysages entre Oslo et Bergen, plus radicalement que la mer le long des côtes scandinaves. Pour Magnus, ce qu'il filme là n'a rien de lent, c'est une explosion de couleurs, une supernova descendue sur la Terre. Au fur et à mesure que la lumière décline ses possibilités – or, pourpre, bleu profond –, les températures chutent. Lorsque le vent se lève, glacial et violent, Magnus n'insiste pas, remballe son matériel et rejoint les autres.

Dans T1, on se prépare pour une nouvelle nuit – la nuit de trop. Il reste largement de quoi concocter un repas substantiel, mais celui-ci risque d'être froid. Le jacuzzi épique de la nuit dernière a grillé une bonne partie des réserves de gaz, on a le choix entre chauffer la nourriture ou chauffer la pièce. *It's up to you guys*. En réalité, il reste des bonbonnes de propane destinées au fonctionnement de certains outils – perceuses, marteaux-piqueurs – mais Éric garde cette information pour lui. D'ailleurs, s'il n'y avait pas Laakki, il ne s'inquiéterait même pas, ça l'aurait carrément amusé de voir comment les gamins s'y seraient pris pour gérer la déception. Mais Luca pense que la jambe de Laakki peut s'infecter rapidement. Si l'avion ne vient pas demain, Éric prendra la motoneige et conduira la Groenlandaise au village sur la côte.

Une fois n'est pas coutume, Céleste a pris le repas en mains. Elle calcule la quantité de neige à faire fondre pour y verser les sachets en aluminium qui contiennent des repas déshydratés, se dit qu'elle peut en remplacer une partie par des conserves de haricots rouges en sauce, ça devrait aller. Et en guise de dessert, il leur reste des kilos de barres énergétiques – de quoi tenir jusqu'au printemps, assure-t-elle en rigolant.

Mais certains, dans la tente, ne sont pas d'humeur à plaisanter. En dehors de quelques informations lâchées à Éric sur l'état de Laakki, Luca n'a rien dit depuis l'après-midi. On le connaît plutôt taciturne, parfois franchement sanguin, on ne s'en formalise plus. En début de soirée, il s'installe dans un coin de la tente et soulève le bas de son t-shirt, dévoilant le boîtier fixé sur son ventre, où s'enfonce l'extrémité d'un cathéter. Jusque-là, il a toujours fait preuve de discrétion à ce sujet, une pudeur que personne n'aurait songé à lui reprocher. Les autres ont pris l'habitude de voir le doc sortir de son sac une sorte de stylo, dont il use pour se piquer le doigt. Il dépose ensuite la goutte de sang sur une bandelette de papier, qu'il insère dans une petite machine ovale, lit le chiffre qui s'affiche et manipule les commandes de sa pompe à insuline. Ce soir, lorsqu'il relève la tête, quelque chose est trouble dans son regard.

De l'autre côté de la pièce, Éole observe Céleste, qui l'évite manifestement. Duncan avait raison, avec ses foutues étoiles contraires. Ils se sont de nouveau ratés. Il aurait pu s'en douter. Si un semestre romantique à Copenhague n'a pas suffi, comment croire qu'une semaine sur la glace, jamais seuls et tout le temps en combinaison de ski, pourrait faire l'affaire ? Éole ne sait pas quoi penser de cette fille, ne se reconnaît pas dans ce type torturé qu'elle révèle en lui – il se croyait plutôt du genre briseur de cœurs. Hier soir, il a pourtant tenté de la prendre à part du groupe et de lui parler. Écoute Céleste, ça fait depuis que je t'ai revue que j'y pense – mais elle l'avait coupé, je suis désolée, je comprends, mais je peux pas faire ça à Max. Une conversation de *soap opera*. Ta gueule avec ton Max. Vivement Thessalonique et la bonne vieille drague ordinaire, en boîte ou sur le front de mer, s'aborder dans les règles de l'art, conclure pendant la nuit et ne pas s'encombrer de considérations à la con. Céleste avait passé la soirée dans la tente de Laakki – ça, par contre, elle pouvait le faire à Max –, et Éole s'était laissé embarquer par le jacuzzi, les corps de Pascaline et de Florence.

Daria, à cet instant précis, ne semble pas du tout affectée par ce qui l'entoure. Penchée sur ses carnets waterproof – les batteries des ordinateurs ne sont pas vraiment la priorité –, elle amende des schémas, complète des tableaux à triple entrée, vérifie des calculs. C'est le soir, la mission est terminée, mais Daria bosse. Cette fille est une machine, lance Éole. La remarque ne suffit pas à alléger une atmosphère de plus en plus tendue. Duncan, en particulier, semble sur le point d'exploser, fait les cent pas sous la tente, se gratte le bras compulsivement, envoie balader Pascaline qui lui tendait une tasse de thé – *fuck you and your tea*.

Un vrai silence s'installe, on n'entend plus que le vent sur la toile.

Pardon?

Tu m'as très bien entendu. C'est pas avec du putain de thé que tu vas m'avoir. J'étais censé revoir mon fils, moi, ce soir.

Pascaline cogne la tasse contre la table – inox contre toile cirée, ça produit un son mat qui donne le signal: elle se lève. Ta gueule, mec. Ça suffit maintenant. J'ai merdé, OK. On était bourrés, on a foutu un peu d'eau partout, oui, et on est désolés, on s'est excusé cinquante fois depuis ce matin. Mais c'est pas non plus notre faute si cette saloperie d'avion ne s'est pas ramené aujourd'hui, t'es pas plus au courant que les autres de ce qui se passe, si? Alors maintenant tu fermes ta gueule, OK, *you just shut the fuck up*.

Les visages sont levés sur Pascaline et on comprend tout à coup que ce charme

XXᵉ siècle a peut-être quelque chose à voir avec ça, avec cette violence sous-jacente, éruptive, la rage de quelqu'un qui en a bavé et qui a décidé que c'était fini, que le prochain paierait le prix pour tous les précédents. Duncan n'insiste pas, il murmure quelque chose comme cette fille est hystérique, s'habille et sort dans la nuit. On entend le vent glacial, l'espace d'un instant.

15

Kotor

De gros papillons se cognent au bulbe halogène du porche, s'aventurent à l'intérieur. Virgile tient grande ouverte la porte de l'appartement. Nora sort en premier, vêtue d'un short en jeans qu'elle a coupé elle-même et d'un débardeur irisé qui laisse entrevoir un soutien-gorge rouge. Virgile, pull à capuche dont dépasse une chemise à carreau, l'examine de haut en bas, lui demande si elle ne va pas avoir froid. Vasko sort des toilettes en tirant la chasse et les rejoint, une forte odeur de parfum dans son sillage. Il porte un t-shirt blanc un peu moulant. Il tend à Nora une veste en cuir, jetant la sienne sur son épaule. Virgile referme la porte, glisse les clés dans sa poche et ils dévalent les escaliers qui descendent vers le centre.

La lune apparaît et disparaît entre des nuages jaunes. Nora doit faire beaucoup plus de pas qu'eux pour maintenir le rythme, elle court parfois sur quelques mètres puis tente de reprendre une cadence, trottine encore un peu. Virgile l'observe du coin de l'œil. Nora a pris de l'assurance, c'est clair. Aujourd'hui, pour la première fois, il concède que c'est peut-être grâce à Vasko. Tout est allé très vite depuis que ces deux-là se sont rencontrés. Quelques semaines d'école et ils parlaient déjà de passer des vacances ensemble. Lorsque Nora avait fini par proposer à Virgile de les accompagner, il avait accepté en haussant les épaules, faussement blasé. « Et vous voulez y aller comment ? Sûrement que mon père nous conduira en voiture si on lui fait miroiter les falaises et les voies en dévers. Il paraît que ça tape facilement du côté du 8b au Monténégro. » La maman de Nora avait dit oui. « Tant que vous n'y allez pas en avion et que Mike reste tout le temps avec vous. »

Virgile s'est arrêté sur une petite place fleurie. Nora l'appelle. « Viens ! Tu fous quoi ? » Elle rit de le voir ainsi le nez en l'air, lui tend une main qu'il n'attrape pas, elle est euphorique, elle veut qu'ils avancent, l'odeur exaltante de la nuit d'automne les frappe de plein fouet. Devant les quelques restaurants ouverts, flambées de lumière et de vacarme dans la nuit de Kotor, des petits groupes de personnes fument ou trinquent avec de hauts verres à pied. Une femme blonde au maquillage épais se tient debout contre une façade, les jambes croisées, la cigarette en suspension au niveau du visage. Elle fixe Virgile, qui soutient son regard et revient sur ses pas pour lui demander une cigarette. Elle lui glisse quelque chose à l'oreille, il lance un coup d'œil transversal à Nora, à Vasko, puis embrasse la femme sur la bouche. Plusieurs secondes. Reçoit sa cigarette. Et rejoint ses amis, imperturbable. « Je rêve ou tu viens juste de… ? » Nora, manifestement agacée, tire Vasko par la manche. « Bienvenue dans le monde de Virgile. Et t'as encore rien vu. »

Dans l'angle des remparts, au pied de la tour Kampana, les trois ados débouchent sur une place où résonne une musique techno veloutée. Des rayons bleus et roses s'échappent d'une porte à battants entourée de colonnes doriques et viennent glisser sur les pavés anciens, donnant à la place des allures de fête désertée. Une enseigne au néon annonce sobrement *girls show*. Vasko jette un œil. Près de l'entrée de la boîte de nuit, un couple qui pourrait avoir l'âge de ses parents s'embrasse à pleine bouche. L'homme pourrait être son père, Vasko se dit qu'il ne connaît rien des dernières années avant sa mort. Avait-il recommencé une vie avec une autre femme à Podgorica ? Avait-il d'autres enfants ? Fréquentait-il ce genre d'endroit ? La vérité, celle qui frappe Vasko avec brutalité sur les pavés colorés, c'est que l'héritage qu'il va recevoir demain, c'est celui d'un type qu'il ne connaissait pas, et qui est mort bien avant son accident. Vasko reste persuadé que si le décès de son père n'avait pas été si brusque, celui-ci aurait même pris toutes les précautions pour éviter que son fils unique, devenu «trop Suisse» à son goût, hérite de quoi que ce soit.

«Comment tu dis bière, déjà?» Virgile le tire de ses rêveries, il répète la question en fouillant dans son porte-monnaie. Vasko sait que Virgile a demandé ça par pure gentillesse mais il répond quand même. Virgile jette sa cigarette dans une grille d'égout. «Bougez pas d'ici.» Il disparaît à l'angle de la place, entre dans une épicerie illuminée devant laquelle sont entassés aubergines et poivrons dans des cagettes en bois. Nora a mis sa veste sur ses épaules, s'est rapprochée de Vasko, sautille un peu, «Il fait froid en fait», passe ses bras autour de sa taille et pose la joue sur son torse. Ils s'enlacent. Ça dure quelques secondes. Vasko aimerait ne pas rouvrir les bras, mais ne les referme pas complètement non plus. Son père a disparu de la place.

Virgile revient avec deux sachets remplis de canettes de Nikšičko et les entraîne hors de la vieille ville. Ils marchent à contre-courant du mouvement général, croisant des couples en tenues de soirée, des hommes en chemises blanches et sacs de fausses marques de luxe, des femmes dont les talons

aiguilles font résonner les ruelles. Un groupe de filles aux robes ultra courtes se retournent sur leur passage, sourires enjôleurs, lâchent quelque chose à Virgile, qui regarde Vasko, amusé. « Elles ont dit quoi ? » Vasko réplique. « Je sais pas, je parle pas russe. Probablement qu'elles voulaient que tu leur roules des pelles à toutes. » Ils franchissent la Tour de l'Horloge et la porte occidentale, se retrouvent sur les quais, face à la mer d'huile où se reflètent, comme du feu grégeois, les lumières vertes de la ville. Sur leur droite, le paquebot de cet après-midi est toujours à quai. Des passagers y montent régulièrement et se mêlent aux bruits de la fête. Un groupe de trois ados, leur âge probablement, descend et passe à côté d'eux, parlant allemand excessivement fort. « Vous croyez qu'ils s'en rendraient compte, si on les bâillonnait et qu'on montait à bord à leur place ? » Nora se tourne vers Vasko et Virgile. « Venez, je sais où on devrait aller maintenant. »

Les lettres blanches du Fjord Hotel se détachent dans la nuit. Cette fois-ci, ils décident d'entrer. Virgile, son téléphone en guise de lampe de poche entre les dents, balance le sac de bières par la fenêtre ouverte du premier étage, prend appui sur le muret en béton noirâtre du porche et se hisse vers le balcon, avant de disparaître dans la carcasse du bâtiment. Nora pouffe, regarde derrière elle, dit «Fais-moi la courte échelle» et grimpe à son tour, Vasko sur ses talons, traquant le feu follet de Virgile qui valse déjà au bout du couloir. «Faites gaffe, c'est pas toujours très stable.» Vasko sent crisser sous sa basket des morceaux de plâtre, mornes mosaïques écroulées du plafond. Nora l'a attendu pour s'accrocher à son bras. Un bruit, quelque chose qui détale, Vasko pousse un petit cri, Nora plante ses ongles dans le bras de Vasko. «Con de pigeon, il m'a foutu la trouille!» Dans une grande salle qui devait être un salon, des tessons de vaisselle fine et de miroirs jonchent le sol. Dans toutes les chambres, l'odeur âcre de moisissure les prend à la gorge alors que des matelas de mousse verte ou des rideaux affalés se dessinent dans le halo du téléphone de Virgile. Nora émet un grognement de dégoût, Virgile dit «Creepy» et Vasko ressort d'une pièce en riant, «Merde ça pue». À l'étage du dessus, ils découvrent les restes d'un brasier, quelques couvertures sales alignées contre le mur et de vieilles boîtes de conserve encore intactes. Un escalier mène à une piscine à ciel ouvert, la porte a été défoncée. Virgile, qui se cogne le tibia dans le sac de bières qu'il porte toujours à bout de bras, déclare que ce serait pas mal de trouver un endroit où se poser.

Ils sont étendus de tout leur long sur le toit panoramique du Fjord Hotel, au bord d'un bassin au fond duquel clapotent trente centimètres d'eau de pluie. Au-dessous d'eux passent des silhouettes qu'ils peuvent observer sans être vus, encerclés par ces ruines silencieuses et la fraîcheur de la nuit. Au loin, les spots de la discothèque projettent leur faisceau concentrique dans le brouillard de la baie, comme un rayon X géant qui scannerait la terre et le ciel. Les voitures sont rares. Nora vient de finir sa deuxième bière, elle émet un long rot avant d'écraser sa canette entre ses mains. Vasko ouvre de grands yeux incrédules. Virgile lui accorde un sept sur dix. «Faut encore bosser un peu la résonance, ma cocotte.» Nora vise le sachet de chips vide reconverti en poubelle au milieu de leur petit cercle. Elle rate, la canette atterrit dans le bassin. Vasko se tourne sur le flanc, se penche vers le fond de la piscine pour la récupérer. Nora le regarde faire. «Tu vas tomber.» La main de Vasko effleure la surface, attrape la canette qu'il dépose dans le sachet. Ses doigts sont couverts d'une poussière dorée, pâteuse. Il s'essuie sur son t-shirt, ça laisse deux traces charbonneuses, recommence sur ses joues, dit «Regardez». «Je veux aussi!» Nora approche son visage et ferme les yeux, Vasko fait glisser ses doigts sur ses pommettes, délicatement, leurs bouches sont très

proches, il peut sentir la respiration alcooli-
sée de la jeune fille, Vasko en ajoute un peu
sur le nez et termine par le front de Virgile,
toujours allongé. Ils se regardent et éclatent
de rire, hurlent comme des Sioux dans la nuit
sans étoile.

Les cartes sont rebattues. La lune apparaît par intermittence. «Ils sont arrivés quand,
tous ces nuages?» Nora a emprunté la veste
de Vasko pour se couvrir les cuisses, elle gre-
lotte un peu, lovée comme sur un transat à
l'intérieur des jambes de Virgile, qui s'appuie
sur ses coudes. Vasko, toujours en t-shirt, s'est
relevé en tailleur, appliqué sur son fond de
bière. Nora repense à la chaleur de son torse,
tout à l'heure en ville. L'alcool aidant, Vasko
a avoué qu'il n'était pas à l'aise avec l'idée de
revoir son oncle et la maison de son enfance,
mais surtout qu'il redoutait de découvrir des
choses qu'il n'avait pas envie de savoir. «Mon
père et son petit frère, c'était des frangins
fusionnels, pratiquement des jumeaux. Dans
ma tête, Aden est forcément dévasté par ce
qui est arrivé. Du coup, je n'arrive pas à comprendre cette histoire d'héritage. Ce que je
viens faire là-dedans.»

Virgile a allumé une nouvelle cigarette,
Nora lève mollement le bras pour obtenir une
taffe. Elle reprend conscience de la mer, de
la ville, de l'endroit où ils se trouvent, de la
crête des montagnes où elle est montée ce

matin même, du temps qui se dilate, de la distance qui la sépare de ses parents et de ses chambres. «C'est dommage qu'on doive déjà partir demain.» Elle s'excuse presque aussitôt en cherchant le regard de Vasko, qui l'arrête. «C'est pas grave, je comprends. Mais je suis content que vous veniez avec moi.» Elle tourne la tête vers Virgile. «T'as tellement de la chance d'avoir un père comme Mike.» Virgile marmonne un «ouais» qui sonne vrai, soulève un peu Nora pour la repositionner entre ses jambes et allonge le cou pour contempler le ciel, à l'envers. «Même si je sais même pas vraiment où il se trouve en ce moment.» Vasko fait remarquer à Nora qu'elle aussi, elle a un père. «Franchement, le mien, s'il était mort, ça reviendrait au même», elle dit en se redressant pour enfoncer la tête dans le pull-over de Virgile, qui lui fait un bisou sur le front. Vasko ouvre une autre canette, en avale une énorme gorgée puis hausse la voix. «Vous êtes quoi, vous, au fait? Un petit couple?» Virgile sourit. «Elle veut pas de moi.» Le silence les enveloppe un instant, Vasko renifle. «Y a vraiment plus aucune étoile.»

Le terme «supervolcan» a été inventé par la BBC, il n'a aucune valeur scientifique. N'empêche, il en existe une dizaine sur la planète, de ces volcans héroïques, susceptibles de provoquer une éruption de niveau 7 ou 8 (l'échelle ne va pas plus haut) et de causer des dégâts inconcevables, des bouleversements climatiques drastiques sur le court et le long terme, voire des extinctions massives. On soupçonne l'homme de Néandertal d'avoir disparu à la suite d'une éruption des Champs Phlégréens. Car c'est ça, un volcan. Plus qu'un monument naturel posé sur le paysage pour les adeptes de l'adrénaline ou de l'histoire du monde, c'est un point de contact direct avec le cosmos. Un tunnel qui relie les entrailles d'un corps planétaire à son atmosphère. Le rappel que nous vivons sur une braise, sur sa surface extérieure, refroidie, qui peut se raviver à tout moment.

16

Paris

Les deux mots sont lâchés. Ils saturent l'actualité, s'inscrivent déjà dans les mémoires. La veille, ils ne disaient rien à personne, sinon à quelques passionnés de volcanologie ou mordus du paléo-climat. Aujourd'hui, le monde découvre les Champs Phlégréens.

Alix marche sur le boulevard Saint-Michel en direction de la gare de Lyon, plie en deux le journal du matin pour le glisser dans la poche de son sac à dos. Il fait encore nuit, le trafic est dense, le ciel aussi indécis que le jour précédent sur le tarmac de Charles-de-Gaulle. Elle ne porte sur elle qu'un t-shirt, son bonnet et son unique paire de jeans. Elle fait tourner le mot dans sa tête. Phlégréens: cela veut dire «Nuées ardentes», explique un éditorialiste. L'air et le feu. À l'heure où nous écrivons ces lignes, l'éruption est encore en cours. Les premières pages des quotidiens sont noires, sont rouges, arborent des titres qui ne parviennent jamais à se passer de ces deux nouveaux mots. Alix s'étonne de la beauté des termes. Les Champs Phlégréens. À quoi ressemblent-ils? Les journaux décrivent une zone aride mais densément peuplée, où l'on cohabite avec les cônes sulfureux et la boue en ébullition. Les arbustes y abritent des chèvres très agiles. Et voilà que quelque chose s'est réveillé, d'abord en douceur, presque incognito – on est habitué, là-bas. Mais cette fois, les Champs Phlégréens se sont ouverts en deux. Un accès de folie meurtrière. «Si le volcan était un homme, on l'aurait appelé *amok*», ose le même éditorialiste. Le syndrome du fou de Malaisie, la pulsion de mort, de vengeance. *Amok*. Quand le volcan en aura terminé, il ne restera des cités construites sur ses flancs que des ruines, des cendres et des sculptures de lave. La terre vomit. On parle déjà de cent mille, deux cent mille disparitions à l'épicentre, quasi instantanément. Mais ces chiffres ne signifient rien, ils se heurtent aux consciences hébétées. L'enfer a désormais un nom, et Alix se surprend à le trouver beau.

Pour l'heure, c'est-à-dire à peine 6 heures du matin à Paris, ce sont toujours les mêmes images qui circulent. Est-il possible qu'on ne sache *vraiment* rien de plus? La photo qui occupe la plupart des unes – Alix l'a vue reproduite au moins à sept reprises dans la lueur des kiosques – est une image satellite de l'Italie du Sud, datée de la veille, à 18 heures. L'immense éjaculation de ténèbres occulte un tiers de la carte, atteint presque les Balkans. L'encre est tellement noire qu'elle laisse des traces sur les doigts. Alix s'est frotté les yeux et ça la pique, la fait pleurer un peu.

Les oiseaux sont à la fête, leur chant est intimidant. Alix approche de la Seine. La nuit a été courte, la discussion sur le canapé ayant rapidement glissé vers les raisons de son départ manqué pour les États-Unis : l'embrouille du mois de mai avec Florence, sa part de responsabilité dans la rupture, les semaines à ruminer solitude et culpabilité. Et l'envie de rentrer en Suisse, à présent, le plus vite possible. Pour Norbert, tout était très clair. « Attends qu'elle revienne. Explique-lui. Répare tes conneries. Elle vient de passer deux mois au pôle Nord, elle aura eu le temps de se refroidir un peu le cerveau. » Le petit appartement des Catacombes, logé quelques mètres sous la terre, n'a pas laissé filtrer la fébrilité de la rue. Ni Norbert ni Alix n'ont pensé au volcan. À 2 heures du matin, quand Norbert a rejoint sa chambre, Alix s'est surprise à imaginer, allongée sur son canapé, des crânes et des fémurs empilés contre les murs de la pièce. Le chat faisait de petits bruits en mangeant, en se léchant, en glissant la tête par l'ouverture du sac d'Alix. Elle n'a pour ainsi dire pas dormi.

La beauté du ciel parisien tranche avec le sentiment de trouble et d'étrangeté qui règne dans la rue. Il fait déjà trop chaud pour les piétons. De petits attroupements – à peine plus que d'habitude, mais Alix ne peut s'empêcher de le remarquer – font la queue devant les enseignes des distributeurs de billets de banque. Quelques braseros froids, retournés sur le flanc, parsèment le boulevard. Est-ce normal à cet endroit de la ville ? Les magasins sont encore fermés. Alix regarde son téléphone. Les réseaux sociaux semblent hors de contrôle. Entre incertitude des vents, débats d'experts autour de l'aviation et d'économistes autour du grounding, préoccupations de celles et ceux qui ont des proches dans les zones concernées, premières projections du déplacement du nuage, rappels de toutes les éruptions majeures de l'ère moderne – du Tambora de Sulawesi en 1815 au volcan imprononçable de 2010 –, les informations se croisent, s'accumulent, font de moins en moins sens. Alix éteint son appareil. Garder de la batterie pour plus tard n'est peut-être pas la plus bête des idées. Elle aura bien le temps de faire le tour des nouvelles une fois qu'elle sera dans le train. En passant à la hauteur d'une bouche de métro, elle note que les grilles sont toujours baissées.

À l'entrée du hall numéro deux de la gare de Lyon, la présence militaire est forte.

Alignés devant des camions bâchés, des soldats attendent calmement. Des hommes des forces spéciales, mitraillettes dans les mains, discutent avec eux. Ils se trouvent devant une série de quatre affiches publicitaires géantes vantant le film de Roland Emmerich, et la scène revêt quelque chose d'absurde. Un peu plus loin, plusieurs femmes, cheveux teints en rouge et longues robes blanches, chantent et agitent des tambourins dans la lumière des vitrines du Montreux Jazz Café. Plusieurs ont les seins à moitié dénudés et recouverts de slogans. Alix capte quelques bribes, des mots – Gaïa, entre autres –, d'autres symboles apparemment hébreux, ou chinois.

À l'intérieur de la gare, c'est une scène qu'elle n'a vue que dans des films. On dirait que tout le monde veut quitter Paris. Rentrer chez soi. C'est pire que les jours de grève, parce que personne n'a vu venir la chose, personne n'a eu le temps de se préparer à ça. La foule est un marécage, avec des zones stagnantes où Alix s'enlise, jouant des coudes pour avancer d'un pas ou deux, puis des courants qui serpentent, des gens qui courent et la bousculent. Casque audio sur la nuque, elle se fraie un chemin en direction des guichets. Elle a tenté de récupérer son billet sur Internet, cette nuit, mais le site de la SNCF était «momentanément indisponible». Les serveurs étaient probablement débordés, et elle en a la confirmation en voyant la foule dense et électrique qui se presse devant les guichets.

Aucune file ne se distingue, les gens se poussent, se hurlent dessus, des enfants pleurent, personne ne s'accroupit pour les consoler. Alix est près de renoncer, se donne dix minutes pour obtenir son billet. Elle entend des bribes de conversations, moi aussi j'ai un train à prendre, figurez-vous, un parent malade, je vous en pose des questions? Alix avance en s'efforçant de respirer calmement – elle est comprimée, lentement malmenée, même si elle tente de s'en empêcher elle repense à Marseille, à Lyon, les images terribles des attentats qui ont circulé pendant des semaines, une foule similaire dans des halls d'aéroport pas si différents de ce hall de gare, les bombes et les mitraillettes, tout a explosé en même temps, c'était il y a quelques mois et c'était dans ce pays. Par un mouvement qu'elle serait bien incapable de reconstituer, elle se retrouve soudain écrasée contre un mur, juste à droite des guichets. Bon, elle a progressé. Collée à la paroi, elle se faufile jusqu'à la première vitre, derrière laquelle un grand blond autobronzé transpire abondamment alors qu'un client l'abreuve d'insultes. L'employé finit par abaisser un store; le client tape du poing contre la vitre, une fois, deux fois, trois fois et tourne les talons. Alix reste devant le guichet fermé, dépitée. Elle pose le front contre la vitre, tourne le dos à la foule déchaînée. Dix respirations, et elle se dirigera vers la sortie. Neuf. Huit. Le store se lève. Le grand blond a repris du poil de la bête : mains sur le clavier, sourcils froncés, il salue Alix et lui demande – drôle de formule – ce qu'il peut faire pour elle.

Son quai est en vue. Avant de quitter le guichet, elle a retenu le numéro de voiture – 18 – et de place – 15 – et a rangé le billet tout au fond de son sac, en sécurité. Sur le premier wagon est peinte une publicité. Une demi-douzaine de flèches stylisées qui partent dans tous les sens et indiquent « New York : 3 heures. Tokyo : 7 heures. Rome : 45 minutes. Le temps retrouvé. » Aucun logo, aucun nom de marque, mais le design et les couleurs sont devenus indissociables d'Oceanic. Alix revoit brûler l'Hyper Concordia. Le quai est bondé. Elle n'a jamais vu une telle densité de gens, est-ce que tous comptent embarquer ? Voiture 18, place 15. Le grand blond lui a confirmé sa réservation, elle n'a aucun souci à se faire. Le train part dans sept minutes.

Et puis quelque chose cède dans la foule amassée. C'est comme une vague plus forte que les autres, venue de très loin. Le rythme est brisé, les flux réguliers sont rompus et ça bouge de manière anarchique, ça se déchire, des corps la bousculent de tous les côtés, elle doit s'accrocher pour ne pas trébucher – tu tombes ici tu meurs, ils te piétineront, tu ne pourras plus respirer –, elle voit des gens s'engouffrer dans le train, en tirer d'autres par l'épaule, frapper du poing contre les fenêtres, elle ne comprend rien. Un cordon de sécurité doit s'être rompu quelque part. Ou alors – l'idée la traverse, fulgurante, irréelle – c'est un attentat. Elle n'a pas le temps de voir venir les premières balles. Plusieurs personnes s'écroulent autour d'elle – elle les regarde hébétée s'agiter sur le sol en tenant leurs membres, jurant et criant de douleur. Se jetant elle aussi à terre par réflexe, Alix se retrouve prise, en quelques instants, dans un mouvement incontrôlable. Des jambes la heurtent, des pieds la foulent, elle se protège la tête en la rentrant contre sa poitrine, les bras derrière la nuque – elle songe aux consignes de sécurité dans les avions, *brace, brace*, elle se dit qu'elle est au sol, qu'elle va finir piétinée, elle pense à Florence et que cela ne peut pas être en train de se passer.

17

Clim Camp

Trois heures du matin, le milieu d'une nuit d'octobre au Groenland. Sur l'inlandsis, à soixante kilomètre des côtes et du village le plus proche, huit tentes dômes, petits igloos jaunes malmenés par le blizzard. Tout le monde s'est couché tôt, Éric le premier, qui leur a conseillé d'économiser leurs forces. Assommée par la douleur et les calmants, Laakki n'a plus émis un son depuis deux heures, pas plus que Pascaline, secouée par l'intensité de sa propre colère. Duncan n'est pas revenu dans la tente après son coup de gueule, et bientôt les anciens de Summit ont suivi le mouvement, rejoignant leurs sacs de couchage – Daria d'abord, puis Éole. Magnus est parti en dernier, occupé à essuyer et ranger sa caméra.

Dans T1, assis à la grande table, ils sont trois à ne pas dormir, dont deux qui n'ont même pas essayé. Florence, qui partage normalement sa tente avec Laakki, a préféré lui

165

laisser tout l'espace, elle s'en veut tellement. Luca est anxieux. Pas seulement pour la jambe de la Groenlandaise. Il a toujours détesté les orages, les tempêtes, les éléments déchaînés et sa propre impuissance face à eux. Probablement que grandir au milieu de volcans plus ou moins actifs conditionne ce genre de réflexes. À Naples, en été, Luca guette toujours le ciel, et quand l'atmosphère devient trop lourde, il se roule un joint dantesque pour s'aider à passer la nuit. En ce moment, il donnerait tout pour être à la fenêtre de sa chambre, dans le grand appartement familial du quartier espagnol, sentir la brise salée de la baie sur son visage avec le Vésuve en repère immuable. Hier, 18 octobre, sa petite sœur fêtait ses 9 ans. Quant à Céleste, elle est partie se coucher peu avant Magnus mais est revenue une heure plus tard, incapable de fermer l'œil. Cette nuit n'était pas prévue au programme. Et ce n'est pas tellement le fait de ne pas être à Barcelone, ni de n'avoir pas pu prévenir Max, c'est seulement qu'elle a déjà pris congé. Et ce temps supplémentaire la trouble, c'est comme recroiser dans la rue quelqu'un à qui on a fait ses adieux – on ne sait pas quoi se dire, on se reprend dans les bras, ça gâche tout.

La pièce est rangée, récurée, seules quelques tasses traînent sur la table. Les lieux sont prêts pour l'hiver – et l'hiver arrive, c'est indéniable. Le vent est une salle des machines hors de contrôle, ils n'ont pas vécu de blizzard pareil depuis leur arrivée au Groenland.

Florence, Céleste et Luca ont les yeux dans le vague. Ils ne se parlent presque pas. La nuit dernière à la même heure, le jacuzzi battait son plein, Daria et les garçons éclusaient dans leur coin, Céleste découvrait secrètement le corps de Laakki. Les trois veilleurs resserrent autour d'eux les pans de leur sac de couchage. Pour se tenir encore plus chaud, ils se rapprochent, forment un petit triangle en bout de table. Il faudrait un feu, quelque chose à nourrir, à regarder. Il n'y a que la toile cirée. Au-dessus de leurs têtes, les structures métalliques de la tente sont couvertes de givre. Des stalactites commencent à se former. Dehors, un cri aussi abominable que bref déchire le silence. Laakki s'est réveillée.

Allez, lâche Florence, plus que cinq heures avant l'aube.

Il faudra désormais compter avec ce nouveau paysage. Vingt-quatre heures après le début de l'éruption, aidées par le ciel et les vents, les cendres étendent leur empire. Pour atteindre n'importe quel lieu en Europe, il ne restera bientôt plus que la voie de terre.

18

Kotor

Une mélodie inconnue résonne dans la chambre. Virgile se retourne péniblement, ouvre un œil, constate que le matelas à côté de lui est vide. Il soulève la tête. La chambre est encore plongée dans l'obscurité. Il distingue le corps de Vasko allongé sur le ventre, dépassant largement du petit matelas de sol. La mélodie reprend, Virgile repère la lumière bleutée de son téléphone posé sur la table de nuit, tend le bras, le fait tomber. « Putain. » Nora joue souvent à changer son alarme sans avertir, et voilà qu'en plus elle n'est même pas là pour en profiter. Cette fille est tordue. Virgile s'assied sur le bord du lit, se frotte un instant les yeux. Sa tête bourdonne. D'un doigt, il déverrouille l'écran de son téléphone. Déjà 8 heures ? Il fait beaucoup trop sombre.

Ses genoux craquent alors qu'il traverse la chambre en enfilant un pull. Le salon est plongé dans la même pénombre. Un chuintement doux émane de l'extérieur, et Virgile se dit que peut-être il pleut. Peut-être s'est-il aussi trompé sur l'horaire, peut-être le soleil se lève-t-il plus tard – qu'en saurait-il, il traîne au lit jusqu'à midi depuis qu'ils sont ici. Il reprend son téléphone pour s'éclairer avec l'écran, constate qu'il n'a pas de réseau.

Sa main parcourt le mur, trouve enfin l'interrupteur, l'actionne. La pièce s'illumine dans sa totalité – lumière blanche, uniforme, des plafonniers LED. Virgile grimace et cligne des yeux, ne voit pas tout de suite Nora, immobile, en tailleur sur une chaise devant la fenêtre. «Ça va? Tu fous quoi?» Nora ne répond pas, le regard profondément ancré dans le vague, dans le lointain, comme devant un feu de camp, une télévision cathodique brouillée. Ou une fine pluie d'automne. Virgile avance vers la fenêtre et comprend ce qui retient l'attention de Nora. Un ciel d'orage, parcouru de microscopiques flocons gris. «Il neige?» Nora répond très sérieusement. «C'est gris, ça peut pas être de la neige.» Virgile insiste. «De la neige très sale? De la pollution?» Nora continue de chuchoter. «Je sais pas. J'ai voulu aller voir sur Internet mais j'ai pas de réseau et le Wi-Fi marche pas.»

Elle s'est levée et Virgile la prend un instant dans ses bras. Ils relèvent tous les stores, dans le salon puis dans la cuisine, avant d'aller faire de même dans la chambre, où Vasko dort toujours. Ils se penchent sur lui. Très naturellement, ils chuchotent, comme si l'obscurité l'exigeait. Nora s'allonge sur le côté gauche de Vasko, petite cuillère plaquée contre le dos d'une grosse. Elle passe une main par dessus son bras. Virgile fait de même de l'autre côté, et Nora sent Vasko réagir au contact de ces deux corps qui l'entourent. «Mec, réveille-toi.» Nora a parlé tout doucement, près de son oreille. Vasko gémit. «Non c'est trop bien, je bouge pas.» Virgile entrecroise ses doigts avec ceux de Nora, ils se réchauffent contre la peau de Vasko. «Il se passe un truc bizarre.» Vasko grogne en remuant pour se lover plus profondément dans leurs chaleurs respectives. «Allez, viens voir.»

Ils se retrouvent tous les trois devant la fenêtre de la cuisine, des couvertures sur les épaules. Seul le néon de la cuisinière est allumé.

— C'est quoi ce truc?
— On en sait rien. On pensait que tu saurais.
— Vous entendez ce bruit?
— Ouais. On dirait du sable.
— Ou quelque chose de plus léger.

Ils restent là, hypnotisés. Dehors, les rues sont désertes.

(à suivre)

LES AUTEUR-E-S :
DANIEL VUATAZ, AUDE SEIGNE, BRUNO PELLEGRINO

Daniel Vuataz (né en 1986), Aude Seigne (née en 1985) et Bruno Pellegrino (né en 1988) vivent en Suisse romande et sont comme les doigts de la main qui écrit *Stand-by*. En dehors du travail sur la série, Daniel Vuataz lit, monte dans des trains, écrit des comédies musicales; Aude Seigne publie, voyage et fabrique des cosmétiques; Bruno Pellegrino s'attelle à d'autres textes, fait des recherches à l'université tout en parcourant le monde. Les trois sont membres du collectif AJAR.

Le dessinateur : Frédéric Pajak

Écrivain, dessinateur, directeur des Cahiers dessinés, le Franco-suisse Frédéric Pajak a reçu le prix Médicis essai 2014 pour le troisième tome de son *Manifeste incertain*. Son trait dense et mélancolique donne corps à la première saison de *Stand-by*.

Le projet *Stand-by*

Composé d'une première saison de quatre épisodes dont la parution rythme l'année 2018, *Stand-by* se propose de remettre sur le devant de la scène le genre du feuilleton littéraire, auquel Sand, Balzac ou Zola ont donné ses lettres de noblesse il y a de cela plus d'un siècle. Pour ce faire, nos trois auteur-e-s, spécialistes autodidactes de séries télévisées contemporaines, ont retrouvé la nervosité scénaristique des *Revenants*, *Breaking Bad* ou *Black Mirror* tout en offrant un spectre sensoriel seulement possible en littérature.

Retrouvez plus d'informations
et toute l'actualité de *Stand-by*
sur www.standbyzoe.ch